Hermann Seeger

Über die Sprache des Guillaume

Hermann Seeger

Über die Sprache des Guillaume

ISBN/EAN: 9783743629592

Hergestellt in Europa, USA, Kanada, Australien, Japan

Cover: Foto ©Andreas Hilbeck / pixelio.de

Weitere Bücher finden Sie auf **www.hansebooks.com**

UEBER DIE

SPRACHE DES GUILLAUME

LE CLERC DE NORMANDIE

UND

UEBER DEN VERFASSER UND DIE QUELLEN
DES TOBIAS.

INAUGURAL-DISSERTATION

VERFASST UND

DER PHILOSOPHISCHEN FACULTAET
DER VEREINIGTEN FRIEDRICHS-UNIVERSITAET

HALLE-WITTENBERG

ZUR

ERLANGUNG DER DOCTORWUERDE

VORGELEGT

VON

HERMANN SEEGER
AUS HALBERSTADT.

HALLE A/S.

DRUCK VON E. KARRAS.

1881.

Ueber die Sprache des Guillaume,
le Clerc de Normandie und über den Verfasser und die Quellen des Tobias.

Meine Untersuchung über die Sprache des Guillaume, le clerc de Normandie, hatte ich abgeschlossen, die Magdalenenlegende ausgenommen, als mir die Arbeit Adolf Schmidt's: Guillaume, le clerc de Normandie, insbesondere seine Magdalenenlegende in Boehmer's Romanischen Studien 4, 493—542 zuging. Diese Arbeit hatte demselben Gegenstande ihre Aufmerksamkeit gewidmet. Da sie jedoch dieses Thema keineswegs erschöpfend behandelt, möge meine Untersuchung als Ergänzung und Nachtrag zu der Schmidt's dienen.

Zunächst einige Bemerkungen zu Schmidt's Einleitung: Die Reime aus dem Fableau vom 'Priester und Alison', die Schmidt S. 498 anführt, auf Grund deren er dieses Fableau dem Guillaume abspricht, hätten ihn doch hindern sollen, dieses Gedicht einem in England lebenden Normannen zuzuschreiben. Die Bindung *cortois : chois* 339 kennt kein Normanne, und die Reime *enseignie : norrie* 73; *lie* (laeta) : *deslie* (3. Sg.) 167; *voidie : dreciee* 391; *vie : chaucie* 423 weisen doch entschieden auf nördliches oder östliches Gebiet hin. Ein nicht unwichtiger Fingerzeig zur Bestimmung der Heimath des Gedichtes scheint mir die Erwähnung nur Picardischer Ortsnamen zu sein: v. 64 *Li chapelains esteit nez d'Ardes, entre Saint Omer et Calais.*

Zu S. 502. Guillaume wird länger in England gelebt haben als Schmidt annimmt. Zu den 3 M. (ich adoptire Herrn Schmidt's Bezeichnungen) gab ihm sein Freund der Bischof Alexander von Lichfield und Coventry das Thema (Martin, Besant de Dieu S. XXXVII). — Der Dichter des Tobias, der doch höchst wahrscheinlich unser Guillaume ist, hielt sich in oder doch

4

jedenfalls bei Kenilworth (in Warwickshire, vgl. K. Elze, Shake-
speare S. 16) auf. Es wäre nur nachzuweisen, wann der Prior
Guillaume lebte, um eine Zeitbestimmung für den Tobias zu
gewinnen. — Die Klagen über den schlimmen Zustand der
Kirche in England während des Inderdicts kommen wohl zunächst einem frommen Engländer in den Mund. Im 'Memoriale
Fratris Walteri de Coventria' (ed. William Stubbs. Oxford
1872—3 Bd. 2 S. 202) bricht der Verfasser bei der Besprechung
des Jahres 1210 in ähnliche Klagen aus: 'Dura erat hiis diebus
ecclesiae sanctae conditio'.

Dass Guillaume in England die Franconormannische Mundart (nicht nur „ziemlich rein Normannisch", sondern völlig rein
Franconormannisch ist Guillaume's Sprache, wie die Untersuchung zeigen wird!) handhabte, hat weiter nichts Auffälliges,
da ja auch Marie de France und Guarnier de Pont Saint-
Maxence dasselbe Verhalten zeigen.

Zu S. 502—4. War nicht die Frage über die Abfassungs-
zeit der Gedichte Guillaume's schon zur Genüge von Martin
behandelt? Etwas Neues bringt H. Schmidt nicht. — Die
übrigen Bemerkungen zu H. Schmidt's Abhandlung finden sich
an den in Frage kommenden Stellen dieser Untersuchung.

Ich lege der sprachlichen Untersuchung folgende Ausgaben
zu Grunde.

1. Ernst Martin, Le Besant de Dieu. Halle 1869.

2. Robert Reinsch, Les Joies Nostre Dame des Clerc
Guillaume de Normandie (Zeitschr. für Rom. Phil. 3, 200—231).

3. Robert Reinsch, La Vie de Tobie (Herrig's Archiv
62, 375—397).

4. Adolf Schmidt, Guillaume, le Clerc de Normandie, insbesondere seine Magdalenenlegende (Boehmer's Romanische
Studien 4, 493—532)*).

5. Der Bestiaire ist in der Ausgabe von Cahier in den
'Mélanges d'archéologie, d'histoire et de littérature. 4 Bde.
Paris 1847—1856 im Bd. 2, S. 85 ff.; 3, 203 ff., 4, 55 ff.' erstens
vollstänger als in der Ausgabe Hippeau's 'le bestiaire

---

*) Die Magdalene ist auch veröffentlicht von Reinsch in Herrig's
Archiv 64, 85—94.

divin de Guillaume, clerc de Normandie, trouvère du XIII° siècle, publié d'après les Manuscrits de la bibliothèque Nationale avec une introduction sur les bestiaires, volucraires et lapidaires du moyen-âge, considérés dans leur rapport avec la symbolique chrétienne. Caen 1852', wenn man nämlich von dem in den Bestiairehandschriften interpolirten Besant absieht, den Cahier nicht mit abdruckte. Zweitens zeigt die Handschrift *fr. 25408*, früher *N. D. 273 bis*, die Hippeau abdruckt, viele beabsichtigte Veränderungen (so gleich am Eingange des Gedichtes ist in ihr der Name des Dichters in *uns clers* verändert), deren sich der Schreiber der Handschrift *fr. 902*, früher *anc. f. 7268³a³* und *Colbert 3745*, die Cahier seinem Druck zu Grunde legte, nicht schuldig macht. Sein Text ist wohl von vielen Irrthümern, aber von keiner Fälschung entstellt. Der folgenden Untersuchung liegt deshalb Cahier's Text zu Grunde; der interpolirte Besant ist nach Hippeau benutzt; ferner ist die Verszählung Hippeau's auf Cahier's Text übertragen. An Stellen, wo diese Zählung nicht ausreichte, sind die Seiten der 'Mélanges' citirt. Für den Cahier'schen Text ist zu beachten, dass trotz der Versicherung Mélanges 3, 91: 'l'orthographe a été assez exactement suivie' der Text wesentlich von der bei P. Paris, Les manuscrits François de la bibliothèque du roi 7, 199 mitgetheilten Probe der Handschrift abweicht. Vorsichtigerweise hatte Cahier allerdings zugefügt: 'bien que sans doute .l'habitude eût donné plus de fixité à un paléographe de profession'. Bei weitem an den meisten Stellen scheint er nicht angegeben zu haben, wo er von der Lesart der Handschrift abweicht. Auch von Druckfehlern ist die Ausgabe durchaus nicht frei; man vergleiche Bd. 2 S. 195, 196: Cahier giebt selbst an, dass in X, d. h. ms. fr. 25408, der Artikel *Formiceleon* fehle, was auch richtig ist (vgl. Hippeau); trotzdem finden sich hier Varianten, die in X stehen sollen. Schmidt's Schluss (S. 497 oben) in Bezug auf Hippeau's Ausgabe, auf die blosse Autorität Cahier's hin, ist deshalb unberechtigt.

Cahier giebt Varianten folgender Handschriften:

1. X = *ms. fr. 25408*, früher *N. D. 273 bis*. Eine Franconormannische Handschrift vom Jahre 1260.

2. Z = *ms. fr. 1444, ancien f. 7534*. Eine Picardische

Umschrift, die ähnlich wie X, voller Veräuderungen ist; von
wenig textkritischem Werthe.

3. Y — *ms. fr. 20046,* früher *S. Germ. 1985 (Coislin. 2738).*
Geschrieben 1338.

Die Beschreibung dieser Handschriften bei Martin, Besant
S. XXII und XXIII. Von der letzteren Handschrift Y gerade
sind sehr viele Varianten mitgetheilt. Danach lässt sich be-
urtheilen, dass sie Francisch und mit V, d. h. der abgedruckten
Handschrift, sehr eng verwandt ist. Ein Beispiel ist für ihr
Verhältniss sehr bezeichnend: beide verlegen Best. 1787 die
Frühlings-Tag- und Nachtgleiche in den Mai V: *Quant le mois
de mai est entré   et quinze jorz en sont passé.* In Y steht *.XXV.
jor.* Dagegen X, ferner die bei Cahier abgedruckten Texte:
1. der Picardische Prosatext (Handschrift des Arsenals bell. lett.
fr. 283); 2. zwei Lateinische Texte (A = ms. de Bruxelles 10074,
B = ms. de Berne 233) schreiben den 25. März; allein der
Lateinische Text D (Pariser Nat. Bibl. ms. lat. 2780) hat richtig
den 21. März.

VY lesen nun im allgemeinen besser als X, doch hat zu
vielen Stellen auch X die bessere Lesart bewahrt, wo V verderbt ist: Nach 1038 stehen in V 2 Verse, die X fehlen; aber
auch die Londoner Handschrift Old Royal 16 E VIII (bei
Thom. Wright, Biogr. Brit. Litt. S. 428), die gewiss unabhängig
von X ist, denn sie ist zwar jünger als X, aber in England
geschrieben und kennt die zahlreichen Auslassungen in X nicht,
hat jene beiden Verse nicht.

UNTERSUCHUNG UEBER DIE SPRACHE.*)

A.
Zur Lautlehre.

1. Ergebnisse der Reime.

I. Vocale.**)

§ 1. *u.* — *u* und *ui* sind streng von einander geschieden. Es ist zu bemerken, dass Bes. 893 *pertus : desus*; Bes. 603 *plus* : *l'us* (ostium); desgleichen Bes. 381 *usé : pertusé* reimen. — *enclus* Bes. 198 (: *plus*) ist das Substantiv = lat. inclusus.

§ 2. *o.* — o^1 und o^2 werden stets gesondert. Es reimen aber 3 M. 310 *orne* (l. *a orne*) = lat. ordinem : *ajorne*, und Best. 1681 *atorne : morne* = got. maurnan. Während in Wace's Rou 2, 2311 *moz* in einer o^2-Laisse steht, bindet Guillaume Bes. 863 *tot : mot.* Es findet sich kein Reim, der bewiese, dass lat. *ō* vor *s, l, d* schon *eu* ergeben hat; doch mache ich aufmerksam auf Bes. 2717 *veu* (lat. *vōto) : preu* (Sbst.) und dazu aus § 12 *preu : leu* Best. 945. Die Form *veu* ist durch X gestützt. Sonst reimt Bes. 303 *jor : honor*, 333 : *poür*; 567 *creatur* : *entur*; 1035 *vus : joius* etc.

§ 3. *an* und *en.* — Die Participien des Praesens und die Gerundien aller Conjugationen haben, wie schon seit ältester Zeit im Normannischen, so auch bei Guillaume -*ant.* Sonst sind *an* und *en* streng auseinander gehalten. Neben den Participien auf -*ant* hat Guillaume Adjectiva mit der Endung -*ent* im Gebrauch, *dolant* als Particip : *mananz* Best. 993, : *anz*

---

*) Die sprachlichen Erscheinungen des Tobias werden in einem besonderen Paragraphen betrachtet werden.

**) Ich zähle die Vocale von unten nach oben. Daher bezeichnet o^1 das tiefe (geschlossene) *o*, o^2 das hohe (offene), e^1 das offene *e*, e^2 das halboffene, e^3 das geschlossene.

Best. 2520; *dolent* J. N. D. 1133; Bes. 1145, 3131, 3671; Best. 493, 619, 1137; M. M. 333. Ferner *sanglant* : *belement* Best. 1257; *innocent* : *cent* Best. 101; *obedient* : *nient* Bes. 591; *obedienz* : *comandemenz* Best. 2268; *veraiment* : *omnipotent* Best. 1535, : *salvement* Mélanges 3, 256, : *serpent* Best. 2372; *present* = jetzig : *seurement* Best. 1237; *pudlente* : *atalante* (l. *atalente*, vgl. Bes. 2525 *talent* : *gent*) Bes. 441. Ausserdem haben wir -*ent* noch in folgenden Worten *parent* : *repent* Bes. 3231; *Orient* : *estent* Best. 3134. Alle Substantiva von volksmässigem Gepräge haben die Endung -*ance*, während die zahlreichen Lehnworte das *e* der Lateinischen Endung -*entia* beibehalten haben, mit Ausnahme von *penitance* : *deliverance* Bes. 747, : *dotance* Bes. 1643. Vgl. Suchier, Reimpredigt S. 70 die Beispiele aus Wace's Rou 1, 563 und 2, 2367 und den Vorschlag Warnke's (Zeitschr. für Rom. Phil. 4, 239) *peneance* zu lesen.

In éinem Falle scheint die Ueberlieferung die Verletzung dieser Regel zu bestätigen. Die Handschrift Y, die sehr eng verwandt ist mit V, zeigt Best. 282, abweichend von V, dasselbe Reimwort wie X. In V lautet die Stelle: *Et quel boisson porrait ceo estre fors cest malvais monde terrestre, qui est malvais et deceivant, u tant se juent li auquant.* X liest: *Ou tant se deduient la gent* und Y: ... *auquuns genz.* Dass X falsch liest, erhellt sofort, wenn man Best. 3629, d. h. eine Stelle des interpolirten Besant, mit dem entsprechenden Verse Bes. 3079 vergleicht: Bes. 3079 *asquanz* : *anz*, hingegen Best. 3629 *genz* : *anz.* Uebrigens liest die Londoner Handschrift des Br. Mus. Cott. Vesp. A VII Bl. 4*) mit V übereinstimmend *li atant.* Ein Fehler der Handschrift V Best. 1421 *cherement* : *demaintenant* kann durch die Lesart von X *chierement* : *meesmement* corrigirt werden.

Zur Widerlegung von Schmidt's falscher Ansicht, dass „die consequente Auseinanderhaltung von *an* und *en* im Reime eine Eigenthümlichkeit des Anglonormannischen" sei, dass sie „indess im Continentalnormannischen nicht gern vermischt" wurden, verweise ich auf Suchier, Reimpredigt S. 69.

---

*) Verschiedene Varianten aus dieser Handschrift verdanke ich meinem Freunde F. Ilse aus Oschersleben, wofür ich ihm auch an dieser Stelle meinen herzlichsten Dank ausspreche.

§ 4. Zu dem Reime *esparne* : *superne* Bes. 3167 brachte G. Paris, Revue critique 4, 58 einige Belegstellen *espergne* : *taverne* Rom. d. l. Rose 5072, : *Auverne* Benoît, C. d. D. d. N. 5039, : *cerne* eb. 16258, die wahrscheinlich machen, dass auch Guillaume *esperne* sprach. Bartsch in Lemcke's Jahrb. 11, 210 macht darauf aufmerksam, dass Roquefort *espergne* noch aus Marot anführt. Die Stelle lautet in der Ausgabe von Charles d'Héricaut. Paris 1867: *J'entens s'il veult faire devoir de seeller l'acquit à l'espeargne : Auvergne.*

§ 5. *e.* — Wohl nur éin Reim *e* : *ie* leistet der Emendation grösseren Widerstand: Bes. 3250 *Toz les fiz Job, quant il alerent a convi chies lor ainzne frere qui lor feseit mult bele chiere.* Sonst kommt *chiere* noch oft vor, aber immer zu *ie* gebunden. J. N. D. 979 lautet in Reinsch's Druck: *La bone fontaine merchee, qui ja ne sera achesee.* Allerdings hat nach Martin, Zeitschr. für Rom. Phil. 4, 86, die Handschrift, wie Schmidt richtig bemerkt, *athesee.* Diess erhöht jedoch nicht im geringsten die Schwierigkeit, darin ein vom Schreiber verdrehtes *asechiee* zu erkennen, wie Reinsch ganz richtig vermuthete. — Bes. 971 hat V den anstössigen Reim *menent* : *retenent.* Cahier wird wohl falsch statt *uienent* gelesen haben; Hippeau hat richtig *vienent.* — Schmidt's Correctur zu Bes. 2278 *crient* : *prient* (V schreibt *grent* : *prent*) ist unnöthig; *prient* ist lat. prēmit; dieses Verbum kommt bei Guillaume noch einmal vor als Part. Perf. J. N. D. 955 *prente.* Auch Wace gebraucht es Rou 3, 9146 *aprieme* : *crieme.* Ganz der Regel gemäss reimen zu *e oblïer* : *amer* Bes. 2334; *retrové* : *adiré* Bes. 3441; *parlé* : *oblïé* Bes. 3189; *oblïer* : *fïer* M. M. 647. Vielleicht dürfen wir für *carïer* (: *garder*) Bes. 539 *careër* einsetzen, man vergleiche *recreon* : *preion* Suchier, Zeitschr. für Rom. Phil. 3, 615. — M. M. 349 ed. *seriez* : *getez*, Hs. *getiez*; man wird *serïez* : *gitïez* und dafür *S'en* lesen müssen.

In Bes. 2570 *Certes anceis veie jeo gié : vengié* wollen G. Paris, Revue critique 4, 58 *ireie gié* und Bartsch, Lemcke's Jahrb. 11, 210 *certes anceis quou veie gié* „ehe ich das mit ansehe" gelesen wissen. Die Schwierigkeit liegt nur darin, dass das Pronomen ausser an dieser Stelle im Reime nicht wieder vorkommt, und in der Handschrift durchgehend *jeo* geschrieben ist; *jc* M. M. 629, oder *ge* M. M. 338, 636 stehen ganz vereinzelt da. Der Lesung *Certes anceis uereie gié* dürften die geringsten palaeographischen Schwierigkeiten entgegenstehen.

§ 6. Während die Formen des Imperfects von *estre* Best. 3058 *misere : ere*; J. N. D. 529 *erent : aministrerent e³* zeigen, reimt die 3. Sg. *ert : ape¹rt* Best. Mélang. 3, 244ᵇ 7.

Unverändertes *e* lateinischer Worte reimt zu *e¹*; J. N. D. 835 hat die Handschrift nach Martin: *Qui a nun „Tota pulcra es"*, *ou plus ou mains jco ne puis mes.*

Daniel : leel Bes. 3034; *veel : leel* Bes. 3538; *turturele : leele* J. N. D. 829; der Schreiber von X gebraucht *leel* fälschlich für *feeil* Bes. 3318 (: *conseil*) und ersetzt das *leel* Bes. 3034 in v. 3555 durch *Joel*. Dieses *leel* ist ein Anglonormannismus, der sich, wie Suchier (Zeitschr. für Rom. Phil. 3, 141) nachwies, schon bei Anglonormannen des 12. Jahrhunderts findet. Guillaume gebraucht daneben auch die Form *leial : mal* Best. 30, : *real* J. N. D. 1001. — Man beachte ferner *mortals : metals* Bes. 1467 neben *mortels : ostels* 3 M. 439, Bes. 791.

Ueber Guillaume's Gebrauch von *e¹* und *e²* s. S. 26.

§ 7. *i.* — Die Endung *-ire* finden wir in folgenden Worten: *evangire : dire* Bes. 1555, 2779; : *sire* Bes. 2921, Best. 1231, 1562; : *martire* J. N. D. 533; : *empire* (3. Sg. Praes.) Bes. 1595; *cimitere : dire* Best. 2053; *avoltire : martire* J. N. D. 515, : *pire* Bes. 1711; *matire : dire* Best. 7, : *despire* Bes. 155; *cire : ocire* Bes. 1975; *empire* (impĕrium) : *dire* Best. 3220. — Dagegen *mistere : clere* Best. 1763, : *pere* J. N. D. 219; *misere : ere* Best. 3058, : *pere* J. N. D. 579. Dieselbe Endung *-ēria* wurde verschieden behandelt in *matire* und *mistere*, und hinwiederum verschiedene Quantitäten ergeben in *cimetire* und *avoltire*, *evangire* dasselbe Resultat im Französischen.

In Bezug auf die Lateinische Endung *-arius* ist die Attraction gesichert in J. N. D. 675 *necessaire : afaire*; 3 M. 33 *mesfaire : contraire*. (Die Beispiele lassen sich vermehren.) Es lässt sich erwarten, dass Guillaume die Lateinische Endung *-orius* in der Form *-oire* gebrauchte. So schreiben denn auch V X in Best. 3218 *gloire : victoire*. M. M. 599 *gloire : victorie* ist auch wohl nur ein Druckfehler. Trotz der Handschrift darf vielleicht *gloire : victoire* in den Text gesetzt werden. — M. M. 518 wird besser *Mont Calvaire* zu setzen sein. (Uebrigens fehlt dem Verse eine

Silbe! *E en mont?*) — Zu beachten sind folgende Formen *compirent* (comparant) : *sospirent* Best. 771; *vigne : bargigne* Bes. 2943; *progine* (progenies) : *reïne* Bes. 3680.

II. Diphthonge.

§ 8. *ai.* — Der Diphthong *ai* wird in der offenen Silbe in all den zahlreichen Fällen nur mit sich selbst reimend gefunden:

Bes. 219, 257, 481, 581, 707, 731, 927, 1099, 1123, 1333, 1429, 1463, 1957, 2271, 2971, 3155, 3401, 3467, 3475, 3495, 3629. — J. N. D. 9, 323, 343, 397, 433, 637, 675, 677, 733. — 3 M. 33, 289, 397. — Best. 89, 117, 293, 499, 835, 1099, 1149, 1248, 1271 (X hat andere Reimworte; Y = V), 1283, 1401, 1411, 1493, 1719, 1781, 1809, 2003, 2025, Mélang. III 245ᵇ 1, 2664, 2814, 2902, 3022, 3026, 3208, 3244, 3250, 3389, 3753, 3843. — M. M. 85, 301, 311, 497, 531, 611. An der verderbten Stelle im Besant v. 1271 gleichfalls *laide : sohaide.*

3 M. 455. Hs.: *Qui se repent e qui se amande par si, que par sa buche rende la tricherie quil aveite cil se lieve a dreit e afaite.* Nothwendigerweise muss der Reimvocal der Diphthong *ai* sein; sehr nahe liegt: *La tricherie qui l'ugaite, cil se leve a dreit e afaite.*

Best. 2512 *espeire : contraire.* Diese beiden Verse stehen nur in X, sind also wahrscheinlich interpolirt.

J. N. D. 677 *plaies : laies.* latas, auf das Schmidt das Wort zurückführen will, ergiebt bei Guillaume *lees.* Der Dichter gebraucht hier vielmehr neben dem regelrechteren *laide* (Bes. 1271 : *sohaide*) die Nebenform *laie,* die Förster (Zeitschr. für Rom. Phil. 1, 151) auch bei Beunoît nachweist.

§ 9. *ai* in geschlossener Silbe hat den Laut *e*¹. Ein Diphthoug *ei* kann niemals bei Guillaume damit reimen. Im Bestiaire v. 2083 haben alle mir zugänglichen Handschriften gegen diese Regel verstossen V: *Et li oisel amont en l'eir li un sunt blanc li altre neir* [v. 2085] *li un veir et li altre bis* In v. 2085 hat X, das die beiden vorhergehenden Zeilen 2083. 4 buchstäblich mit V übereinstimmend geschrieben hat, *vair;* Y: *verz;* Z: *vair;* auch die Handschrift Cott. Vesp. A VII schreibt *Li un sunt blanc li altre noir.* Trotzdem muss *vair* aus v. 2085 in den Reim zu *l'air* gesetzt werden.

Die Correctur Schmidt's zu 3 M. 457 *avait* : *a fuit* ist der Sprache Guillaume's durchaus unangemessen. Ferner hat Schmidt in der Ausgabe der Magdalenenlegende eine „einheitliche Orthographie" durchführen wollen. Wenn er nun trotz der Erkenntniss, dass *ai* in geschlossener Silbe in Nichts von offenem *e* verschieden ist, doch überall, wo *ai* etymologisch berechtigt ist, *ai* schreibt, trotzdem die Handschrift ziemlich consequent *e* dafür bot, so ist dieses zu tadeln.

§ **10.** *ai* und *ei* vor Nasalen reimen nicht nur „sehr häufig" (Schmidt), sondern sie reimen überhaupt. Best. 1467 *plein* : *main*; Best. 2626 *montainne* : *ensainne* u. s. w. Auch hier lässt Schmidt neben dem Princip einer einheitlichen Orthographie ein etymologisirendes einhergehen. Der Dichter selbst wird kaum beim Schreiben letzteres berücksichtigt haben.

esprendre, das sonst als *esprent* : *ensement* Best. 659, : *sarment* Best. 751 reimt, ist Best. 2712 in der Form *esprainnent* : *s'entrecompainnent* gebunden.

§ **11.** Lat. ö in offner Silbe. — Die Producte von lat. ö in offner Silbe reimen bei Guillaume nur unter sich:

Bes. 1373 *puet* : *estuet*; 1395 *covre* : *recovre*; 1833 *trove* : *prove* (3. Sg.); 2767 *puet* : *enfuet*; 3123, 3553 *quer* : *fuer*. — J. N. D. 685 *descovre* : *ovre* (Sbst.). — 3 M. 77 *puet* : *estuet*; 375 *ovre* (3. Sg.) : . *colovre*. — Best. 9 *trueve* : *noeve*; 1630 *estuet* : *poet*; 2183 *oes* (* övum) : *oes* (öpus); 2336 *quer* : *feur*; 2400 *poet* : *estuet*; 2422 *enfoet* : *moet*; 2548 *oevre* : *colevre*; 2560 *poet* : *moet*; 2816 *moet* : *poet*; 3146 *volent* : *solent*; 3204 *trove* : *prove* (Sbst.).

Aus dieser beträchtlichen Anzahl von Beispielen lässt sich ziemlich deutlich erkennen, dass der Dichter hier einen Diphthong sprach. Haben wir deshalb in dem Reime *fuerre* (fuodar) : *guerre* Bes. 1991 einen Beweis, dass Guillaume in *guerre* den Diphthong *ue* sprach? Guillaume scheint sich nämlich der Bindung *ué* : *e* enthalten zu haben. Denn der Reim *l'em* : *Jerusalem* Best. 449, 2704 ist kein Beweis für das Gegentheil, sondern wir haben in *l'em* eine Nebenform zu *l'um* zu erblicken, wie schon im Computus diese beiden Formen gebraucht werden (Mall S. 108), nicht etwa ein auf dem *e* stark betontes *l'uem*. — *prosdom* reimt Guillaume zu *avom* Bes. 2991.

§ 12. Folgende Worte reimen untereinander: *feu* (fōcus)
: *liu* Best. 747; J. N. D. 723; Bes. 267, 2603; — *leu* : *preu*
(Sbst.) Best. 945; : *Deu* Best. 1911; Mélang. 3, 244ᵇ 1; J. N.
D. 633; M. M. 703; 3 M. 411; Bes. 387; : *feu* (ahd. fehu)
Best. 2254; 3 M. 117; : *gieu* J. N. D. 173; — *fieu* (ahd. fehu)
: *deu* Bes. 1737, 1807; : *damnedieu* Bes. 2833; — *hebreu* :
greu Best. 2406; — *Andreu* : *dieu* Bes. 3051; — *veu* (*vōto) :
preu (Sbst.) Bes. 2717. Daneben die gewöhnliche Erscheinung
damnedeu : *blé* Bes. 2847. Vgl. hierzu den folgenden Paragraphen.

III. Consonanten.

§ 13. *l.* — Best. 2630 *oils* : *miels* (Y *ooz* : *meoz*). X hat
hier die unstatthafte Bindung *euz* : *Deus*; Guillaume hält *s* und
z im Reime streng auseinander. Best. 649 *vielz* : *iels*; Bes.
2903 Hs. *ciels* (caelum) : *ciels* (caecus); Best. 539. Hs. V: *Al
tierz jor vent lor pere a els, si le comuet pitels et duels.*
X liest *Si les quenoist pitie a deus*; Y: .. *commuit pitie a eax*
und die Hs. Cott. Vesp. A VII: *Si le comr pete edeels.* Dass'
die richtigen Reimworte *eus* (illos) und *deus* (*dōlum) sind,
liegt wohl ziemlich klar auf der Hand.

Auffälligerweise reimt M. M. 93 *ambedous* : *eus* (illos), also
heisst es *deus.* *l* ist natürlich, wie in *out* : *vout* Bes. 1085,
in all diesen Worten aufgelöst und mit dem vorhergehenden
Vocale zu einem Diphthong *eu* resp. Triphthong *ieu* verschmolzen, der vielleicht schon die monophthongische Aussprache *œ* angenommen hat. Auch *volt* : *dolt* (3. Sg. Prs.)
Best. 955, 2125 gehört hierher. — M. M. 622 hätte Schmidt
deshalb auch besser *euz* statt *oilz* geschrieben. Da er ferner
das handschriftliche *al* stets in *au* auflösst, hätte er doch con-
sequenter Weise auch das handschriftliche *del* demgemäss ver-
ändern sollen.

§ 14. Ausgefallen ist *l* in *nus* (nullus): *sus* Bes. 2345
und nach *i* vor flexivischem *z* : *periz* : *raïz* Bes. 2289; *perils* :
delis Best. 435; *cunseiz* : *segreiz* Bes. 533; *dreiz* : *cunseiz*
Bes. 1947; *feiz* : *conseiz* Bes. 2321. Diess ist nach Schmidt
ein Kriterium des Normannischen Dialekts; hält er darum
auch die Sequenz *Quant si solleiz converset en Leon* für Normannisch?

Haben wir in Best. 1111 *tex* : *Ybex* (Y *tes* : *Ibes*) *teus* an-
zusetzen, oder wie in den Wace'schen Reimen *hostels* : *remes*
Rou 3, 4869; *hostelz* : *remez* Rou 3, 4888 (Andresen S. 590)
gänzlichen Ausfall des *l*? *Ybex* ist der Name des Vogels
Ibis. Jedoch Best. 1147 *deus* : *tels* spricht für *teus*.

§ 15. Betreffs des gegenseitigen Verhaltens der beiden
Liquiden *l* und *r* vergleiche man Andresen's Schrift 'Ueber den
Einfluss von Metrum, Assonanz und Reim' S. 19. Guillaume
reimt *apostre* : *vostre* Best. Mélang. 3, 245[b] 33; — *evangire* :
dire Bes. 1585, 2779; : *sire* Bes. 2921, Best. 1231, 1561; : *martire* J. N. D. 533; : *empire* (3. Sg. Prs.) Bes. 1595; — *mire*
(Tausend) : *dire* J. N. D. 161, 3 M. 183; — *nobire* : *dire* Best.
3230. Er bindet aber auch *vile* : *mile* Bes. 31, : *evangile* Bes.
3579 und *vile* : *Virgile* J. N. D. 95.

§ 16. Eine doppelte Aussprache ist jedenfalls für *escrire*
zu constatiren. Best. 2518 *livre* : *escrivre*; dagegen jedoch
Bes. 94 *dire* : *escrire* und Best. 8, wo statt des *dire* in V
wohl *escrire* aus den andern Handschriften einzusetzen ist.
Die mir zu Gebote stehenden Lesarten der Handschriften sind
folgende:

V liest: *Veut Guillaume en romanz dire*; hierzu ist aber
zu bemerken, dass der Nominativ *Guillaume* ohne flexivisches
s Bes. 79 gesichert ist. Die Lesart von V findet sich nun noch
in den Handschriften Cott. Vesp. A VII (bei Michel, Rapports
au ministre S. 119) und Old Royal 16 E VIII (bei Martin,
Besant S. XXIV.); *escrire* dagegen schreiben X, die Hs. Douce
(bei Michel a. a. O. S. 140) und die Hs. f. de l'Egl. de Paris 18
(bei Roquefort, Glossaire II S. 263).

§ 17. Guillaume beobachtet die Regel, dass die Stamm-
auslaute *c*, *p*, *f* vor flexivischem *s* ausfallen.

c.: Bes. 767 *dus* : *desus*, 881 *bors* : *allors*; Best. 815 *becs* :
ades, 3749 *amors* : *pors*; Bes. 3379 *pors* : *lors*, 3385 : *dehors*;
Best. 2742 *colombs* : *longs*. — *p*: Bes. 425 *dras* : *gras*. — *f*: Bes.
815 *naïs* : *païs*, 2839 *chaitis* : *vis* (visus), 3 M. 211 *païs* : *soltis*
(solitivus).

§ 18. Ausser in folgenden Fällen *la prime* : *mesme* Bes.
2934; *mesmes* : *primes* Bes. 3623, *primes* : *meïmes* 3 M. 277;
meïsmes : *veïsmes* Best. 1403 ist aus Guillaume's Reimen kein
Beweis für das Verstummen des *s* zu ziehen. Dagegen spricht

sogar vielleicht *judaïsme* : *meïsme* Best. 2019. Ohne Beweiskraft sind die Reime *abisme* : *meïsme* Bes. 68, Best. 2588; : *saintisme* J. N. D. 319; : *hautisme* J. N. D. 385, 3 M. 177, Bes. 2299.

2. Ergebnisse der Silbenzählung.

§ 19. Guillaume kennt ebensowenig die Unterdrückung als den Einschub eines unbetonten Vocals. — Das *e*, das sich in gewissen Futurformen nach *u* in den Handschriften findet, hat nur graphischen, keinen Silbenwerth. Nach der Anmerkung auf S. XXXIX von Suchier's 'Reimpredigt' findet sich das *e* der 3. Sg. Verbi seit dem Ende des 12. Jahrhunderts nicht mehr im Hiatus, ausser vor *il, ele, on*. In Guillaume's Versen lässt sich dieser Regel fast überall, wo die Ueberlieferung getrübt ist, ohne Schwierigkeit Genüge leisten. Regelrecht sind überliefert: Bes. 924 *Coment se cuidë il sauver*; Bes. 2000 *La claimë il ancesorie*; Bes. 2070 *Dont tornë il tut a gabeis*; Bes. 2094 *Donc reneïë il plainement*; Best. 546 *Ramainë il la vie as cors*; Best. 1483 *Dont troevë il les froiz itels*. In Bes. 1141 *Itele vie demaine il* ist, wie in § 21 gezeigt werden wird, *itel* und *demainë il* zu lesen.

Die Handschrift V schreibt einige Male vv. 1066, 1110, 1125 ein *il*, vor dem Elision des *e* der 3. Sg. Verbi eintreten müsste; man thut jedoch besser dieses *il* zu unterdrücken, da X es in allen drei Fällen nicht hat und in v. 1110 durch Y gestützt wird; für die beiden andern Verse fehlen die Varianten bei Cahier. Auch in J. N. D. 1000 *Ceste aime ele plus que nul tresor* kann *ele* entbehrt werden.

Sonst elidirt Guillaume das *e* der 3. Sg. vor folgendem Vocal. Wohl nur scheinbare Ausnahmen sind Best. Mélang. 3, 256[b] *Nus metë en son salvement*; in X fehlt der Vers. Vielleicht ist durch Umstellung *mete nus* der Regel Genüge gethan; Bes. 3545 *Que l'on lië e l'on estrangle*; L *e que l'on*. Bes. 236 *E se guarmentë eneislore*.

In éinem Verse scheint die Ueberlieferung einen Hiatus zu stützen Best. Mélang. 2, 111 *En l'unë et en l'autre cort*. Die Handschrift Bibl. Nat. 660 (bei Hippeau S. 69): *En l'unë et en l'autre court*. Hs. Old Roy. 16 E VIII (bei Martin, Bes. S. XXIV): *En l'une et en l'autre curt*. De la Rue, Essais hist.

3, 18 giebt die Lesart einer in England befindlichen Handschrift (welcher?): *El lune et el lautre cort.* Ist vielleicht trotzdem etwa *Et en l'une* ... zu schreiben? '

§ 20. Vor Worten Deutschen Ursprungs, die mit *h* beginnen und solchen Worten, die ihr *h* dem Einflusse Deutscher Worte verdanken, hat ein Vocal jedesmal seinen Silbenwerth: Besant: 66 *haul*; 156 *haïr*; 494 *herice*; 523 *hiel*; 559 *honissent*; 631 *haule*; 870 *herbergier*; 928 *haire*; 1050 *haïz*; 1155 *halt*; 1188 *het*; 1407 *honissent*; 1530, 3718 *haute*; 2300 *hautime*; 2467, 2480, 2515, 2574, 2774 *honte*; 3016 *huge*; 3270 *harpe*; 3748 *hauteine*. — Bestiaire: 34 *honiz*; 189, 258 *halt*; 805 *hupe*; 846, 1574, 1958 *het*; 1107, 1416 *haste*; 2371 *halte*. — Best. 2904 *Seignors por Deu l'hautisme rei*; trotz der Uebereinstimmung von V und X ist vielleicht *Deu* zu tilgen.

§ 21. Von Adjectiven, die im Lateinischen éiner oder zweier Endungen waren, weisen folgende ein Feminin-*e* auf: *mole* (: *parole*) Bes. 1685, 3349; *mole* im Verse 3 M. 90; *dolente* (: *jovente*) Bes. 3132; *comune* (: *aune*) Bes. 386; ferner *dulce* J. N. D. 3 und die Adjectiva auf *-ensis*. Schwankend scheint *grief* gebraucht worden zu sein: Bes. 1551 *grief venjance*, dagegen Bes. 887 *brieve : grieve* (könnte allerdings in *brief : grief* geändert werden). Bes. 2422 *A si greve venjance* (auch hier könnte *issi grief* eingesetzt werden). J. N. D. 7 Hs. *liueue : grieve* (Martin, Zeitschr. für Rom. Phil. 4, 86); der Herausgeber emendirte wohl ganz richtig *brieve : grieve*, es genügt dem Sinne und ist den Sprachverhältnissen Guillaume's nicht zuwider.

Sonst versehen die Handschriften noch sehr häufig derartige Adjectiva mit einem Feminin-*e*, das, wie man auf den ersten Blick erkennt, dem Dichter fremd war. Nur eine kleine Zahl von Fällen bietet der Emendation einigen Widerstand, vor allem zweisilbiges *quele*: J. N. D. 155 *Quele l'autre merveille fu*; Best. Mélang. 3, 245.ᵇ 8 *Coment et en quele maniere*; 3 M. 449 *E savez quele porveance*, doch beweist dieser Vers nicht unbedingt, da die Stelle verderbt ist. Sonst findet sich als Feminin stets *quel.*

Zweisilbige *tele* können ohne Anstoss meist durch *itel* ersetzt werden, oder wie in Best. 1527 (V X) *Ja de teles parler n'orreiz* vielleicht durch *autretels.*

Für dreisilbiges *itele* J. N. D. 442 *Itele come je vus di* könnte man lesen *Itel si come*. Bes. 787 *Vus messert en itele guise* l. *icele?* Nur zweimal begegnet uns ein Participium des Praesens mit Feminin-*e*: Best. 2179 *Tant est ardante lur luxure.* Entweder durch Einsetzen von *itant* oder durch Annahme der Lesart von X: *Tant sunt ardant de grant luxure* könnte der Regel Genüge geleistet werden. Best. 229 *Si trenchantes come alemele.* Auch hier werden wir die Lesart von X: *Si trenchanz come une alemele* vorziehen.

Da sich jedoch diese Femininbildungen schon bei Philipp von Thaün finden, *bruiante* im Gormund und *quele* auch im Rou zu belegen ist, so bleiben diese Aenderungen immerhin gewagt.

Bes. 1820 hat Martin *forte* in den Text gesetzt und dafür *el* statt *ele* gedruckt; besser ist offenbar *ele* und *fort* zu lesen. Eine ähnliche Correctur ist Bes. 2301 am Platze, Martin: *Quant ele est tele com jeo di* l. *tel come.*

Sonst, wie gesagt, ist Guillaume's Sprache in diesem Punkte ebenso alterthümlich wie die Wace's und aller seiner Normannischen Vorgänger, denn auch alle diese kennen bestimmte Ausnahmen von der Regel.

§ 22. Bei verschiedenen Substantiven kennt der Dichter neben einer männlichen eine verlängerte weibliche Form. Ueber deren beliebigen Gebrauch bei Altfranzösischen Dichtern s. Andresen, 'Ueber Metrum, Assonanz und Reim' S. 10. 11. Best. 2404 *oisele* und im selbigen Abschnitt v. 2436 *oisel*; Best. 719 *renovele* : *oisele.* — Bes. 2227 *tormenz* : *venz*; Best. 1199 *tormente* : *entente*, Bes. 2815. 3675: *mente.* — Best. 1371 *cor* : *encor*; Best. 251 *cornes* im Verse.

§ 23. Im Besant vv. 3721. 3725. 3726. 3728. 3733. 3736. 3738 setzte Martin für das handschriftliche *ueraiement* eine Form *vraiement* in den Text. Abgesehen davon, dass dieses Wort mit der Unterdrückung eines unbetonten *e* der Regel sich ganz allein entgegen stellen würde, ist die richtige Form *verr(e)aiement* 3 M. 125 und *verrai* 3 M. 178, *verraie* : *paie* 3 M. 397 hinlänglich gestützt; desgleichen J. N. D. 9 *veraie* : *raie*, wo Reinsch zur Vermeidung von Irrthümern besser gethan

hätte *el* zu drucken. Auffälliger Weise herrscht gerade in
Bezug auf diesen Punkt in den Handschriften eine grosse Ver-
wirrung. X und V gehen meist auseinander, so sogar, dass X
oft ganz andere Worte gebraucht: Best. 1535 V: *Que ben creu-
rent veraiment* l. also *veraiëment.* X: *Qui bien crurent premiere-
ment.* — Best. 1604 V: *De sa coue veirement*; Y: ... *coue voire-
ment*; Z: ... *keue veraiement*; X: ... *coane solement*; das Richtige ist *coane veirement,* und dieses *veirement* ist an den frag-
lichen Stellen des Besant einzusetzen.

M. M. 597 *benurez* ist natürlich ein Fehler; man könnte
beneeiz schreiben.

§ 24. Die Apostrophirung von *ceo, ieo (io, ge), si*
(= und).

Ausser vor *est* erscheint das demonstrative Pronomen *ceo*
nur einmal apostrophirt Best. 637 *Pur ceo enveillirent et clo-
cherent.*

Eigenthümlich ist, dass Guillaume in dem im Jahre 1211
verfassten Bestiaire 12 mal *ceo* vor *est* im Hiatus lässt und
32 mal apostrophirt. Im Besant (vom Jahre 1226) finden wir
schon 21 *ceö est* : 17 *c'est* und in den noch später geschriebe-
nen Treis Moz 12 *ceö est* und nur 2 *c'est.* Haben wir hierin
vielleicht ein Kriterium für die Zeitbestimmung der J. N. D.,
in denen 2 *ceö est* : 5 *c'est* und der Magdalene, in der 6 *ceö est*
und kein *c'est* vorkommen?

Im Bestiaire apostrophirt Guillaume das Personalpronomen
jeo nur 2 mal (559 *j'engendrai,* 3056 *j'atendi*) und belässt es
7 mal im Hiatus (704; 792; 1366; Mélang. 3, 221[b] 15; 3, 245[a]
21; 3059; 3529). Gleichfalls 2 mal ist es verkürzt im Besant
vv. 556. 3733 vor *ai,* aber 13 mal im Hiatus gebraucht (529;
904; 1182; 1658; 2575; 2703; 2812; 2829; 2874; 2968; 3116;
3495; 3637). — J. N. D. und 3 M. gebrauchen es je einmal in
voller Form (J. N. D. 254 *jeö home*; 3 M. 409 *jeö e*) und je einmal
apostrophirt (J. N. D. 22 *j'ai*; 3 M. 207 *j'oï*). — M. M. 162 *jeö
irai*; 185 *jeö apres*; dagegen 165 *j'irai*; 361 *j'ai*; 399 *j'aveie.*

si (= und) bildet mit *est* eine Silbe J. N. D. 1093 *Tele
hore s'est vaillant un as.*

Einige Stellen im Bestiaire, die apostrophirtes *si* zeigen,
scheinen zu emendiren zu sein: Best. 2711 V: *Si unt une mult
bele costume*; X: *Se ont une bele costume.*

Best. 2795 V: *S'il n'est alcon fols et jolis*; Hippeau druckt *s'en est*; man wird lesen *se n'est*, denn auch Y hat *si* und Z: *si ce n'est*. Best. 905 liest X scheinbar richtiger *Achat e e s'en rachatassent*; doch kann man auch die Lesart von V: *Achaté si en* annehmen, da wie in § 33 gezeigt werden wird, Guillaume sich auch Nichtcongruenz des Particips mit dem Objecte gestattet.

B.
Zur Verbalflexion.

§ 25. In Bezug auf die Verbalflexion zeigt Guillaume noch keinerlei Verjüngung. Die 1. Sg. Praes. Ind. kennt kein unorganisches *e* oder *s*. Der Subjunctiv der 1. sw. Conjugation hat im Singular kein -*e*. Beispiele für den Indicativ: M. M. 185 *remain* : *gaain*, 439 *cont* : *mont*; J. N. D. 225 *crei* : *rei*; 3 M. 47 *orgoil* : *voil*; Bes. 2257 *sui* : *ennui*. Für den Subjunctiv Bes. 33 *pardont* : *mont*.

Die 2. Sg. Praes. Ind.: Bes. 2415 *tu veiz* (: *feiz*), Best. 923 *croiz* : *voiz*. Ueber das *z* vgl. Suchier, Reimpredigt S. 77.

Zu vermerken sind noch die Subjunctivformen *chiece* (: *piece*) 3 M. 383 und *truisse* : *puisse* Bes. 3141.

Von *beneïr* lautet das Perfectum *beneï* (: *toli*) Bes. 3267. J. N. D. 1145 *E la joie qu'ele out de li* (Jesus), *Quant de la mort resurrexi*. Zur Beurtheilung dieses Falles muss man wissen, dass Guillaume die männlichen und weiblichen Formen des disjunctiven Pronomens zu scheiden scheint *li* (weibl.) : *issi* Best. 1859; dagegen das männliche *lui* : *autrui* Bes. 971; : *enui* Bes. 1415; : *conui* Best. 631; : *refui* Best. 2105. 2828.

§ 26. Das Futurum. — Das Normannische stösst im Futurum der 1. sw. Conjugation, desgl. im Conditionale, wenn ein Vocal der Endung -*rerai* vorhergeht, zweitens wenn *n* der Endung -*erai* vorangeht und drittens, wenn ein Consonant vor der Endung -*rerai* steht, das *e* aus. Für den letzteren Fall ist die Silbenzählung ohne Beweiskraft. In den beiden andern Fällen ist immer die kürzere Form gesichert. Jedoch lautet Best. 1752 *Mes sanz fin toz jorz durra*; X macht den Vers durch die Form *duërra* achtsilbig!

Das beim Futurum der 2. sw. Conjugation in den Handschriften stehende *e* nach *r* hat keinen Silbenwerth, daher ist Best. Mélang. 3, 245ᵇ 9 *sieverom* ein Fehler; vielleicht *nus sivrom*. Best. Mélang. 245ᵃ 35 *envoirrai* wird schon durch die Silbenzählung als viersilbig (*enveierai*) gesichert. § 27. Die 2. Plur. im Futur und Subjunctiv des Praesens. *fois* : *sachoiz* Best. 663; *ceo savez* : *feiz* Best. 2994; *sachiez* : *feiz* Best. 1791; *saceiz* : *feiz* J. N. D. 153; *sacheiz* : *feiz* M. M. 119. — Dagegen *bien le sachiez* : *acrochiez* Best. 283; : *chargez* Best. 883; : *pecchez* Best. 2950; *ceo sachez* : *pez* Best. 3074. Ausserdem hat X in v. 3016 fälschlich *sachiez* : *einceis*; *s* und *z* reimen nicht, vgl. § 13. Der Gebrauch war also schwankend. Nicht so beim Futur: Bes. 473 *valdrez* : *morreiz*; 1617 *eslirrez* : *mettrez*; 3465 *verreiz* : *partireiz*. — J. N. D. 167 *orreiz* : *dreiz*; 1127 *crestrez* : *istrez*. — Best. 1527 *orreiz* : *trovereiz*. — M. M. 175 Hs. *remenderez* : *garderez*. Der Herausgeber hätte also *remaindreiz* : *gardereiz* schreiben müssen.

Scheinbar stehen noch drei Futurformen im Reime zu -*ez*. Best. 3103 V X: *E si la racine esgardez, une forme i troverez.* Die Silbenzählung verlangt *troveriëz*, wofür in v. 3103 *E* gestrichen und *esgardiëz* geschrieben werden müsste. ⋅ Martin änderte deshalb auch ganz richtig Bes. 361 *creeiz* : *sereiz* in *creiëz* : *serriëz* und 3 M. 209 *retenez* : *serrez* in *reteniëz* : *serriëz*.

§ 28. Folgende Inchoativformen sind durch den Reim gesichert: Im Bestiaire 351 *bruïst* : *ist*; 809 *enveillissent* : *issent*; 921 *porist* : *norrist*; 1307 *norissent* : *porrissent*; 1425 *guerpit* : *quist*; 2226 *norrist* : *garantist*; 2250 *norrist* : *ist*; Mélang. 2, 153ᵇ *garist* : *porist*; 2426 *guerpist* : *fist*; 2872 *saisisse* : *isse*. — Im Besant 1407 *honissent* : *traïssent*; 1421 *assordissent* : *porrissent*; 1431 *languist* ; *ist*. — J. N. D. 653 *adolcist* : *fist*.

§ 29. Die Reime Best. 2576 V: *Un deable dedenz un home esteit qui durement le tormenteit* (X: *en un home*; Y jedoch und Cott. Vesp. A VII *dedenz*) und Best. 2762 V: *U le seinz Espiriz parleit et en meinte guise diseit* (X liest ebenso, die Hs. Cott. Vesp. A VII *pleit*) gehören höchst unwahrscheinlich dem Dichter an, trotz der Uebereinstimmung der Ueberlieferung. Man vergleiche, wie in Bezug auf diesen Punkt auch die Handschriften von Wace's Gedichten incorrect sind, Sette-

gast, Benoit de Sainte More S. 51. Dieses Verhalten der Handschriften wirft übrigens ein klares Licht auf ihre Verwandt-
schaftsverhältnisse.

C.
Zur Nominalflexion.

§ 30. Die alte Declinationsregel, wie sie noch für Wace
und Marie de France zu Recht bestand, existirt für Guillaume
nicht mehr. Der Casus obliquus steht bedeutend öfter in No-
minativfunction als der alte Casus rectus. Auffällig jedoch
ist, dass die Worte *angre, apostre* vom Dichter fast immer in
alterthümlicher Weise flectirt werden. Es finden sich folgende
Nominative:

J. N. D. Sing.: *li angles* 234; *li anges* 256. 1141. —
Plur.: *Ou li apostre e li martir* (: *partir*) 1162; *li angle* 499.
595; *li angre* 529.

Bes. Sing.: *li angles* 1489; *li apostres* 3344. — Plur.:
li angle 1071. 1497; *li ange* 1641 und *les anges* 1635.

Best. Sing.: *li Apostle* 1458. — Plur.: *li apostre* : *vostre*
Mélang. 3, 245ᵃ 33. Dagegen im Sing.: *l'Apostre* 1171; *l'Apostle*
2604 und *l'angle* 2846. Man könnte Best. 2604 durch Ein-
setzung von *veirement* gleichfalls *li apostres* und Best. 2846,
wenn man *si* striche, *li angles* corrigiren.

Von den Nominativen im Plural sind, abgesehen von der
nur éinmal (Bes. 1635) nicht angewandten alterthümlichen
Schreibung, allerdings nur zwei, J. N. D. 1162 und Best. Mélang.
3, 245, beweiskräftig. Doch scheinen mir die angeführten Thatsachen Zeugniss genug zu sein, dass das Bewusstsein der alterthümlichen Flexion dem Dichter nicht gefehlt hat. Wie sich
Guillaume dem flexivischen *s* gegenüber verhält, erhellt aus
folgender Zusammenstellung von Nominativen des Singular:

I. Mascl.-Decl. 1. *pere* : *mere* Bes. 2119; *prestre* : *celestre*
Voc. Bes. 709; *pere* : *clere* Best. 159. 1366; *frere* im Verse
gestützt Best. 53.—2. *peres* im Verse Best. 153; *mestres* : *fenestres*
J. N. D. 159.

III. Masc.-Decl. 1. *traïtre* : *mitre* Bes. 663; *sire* : *ire* Bes.
2565; *liere* : *pere* obl. Best. 2214.—2. *sires* im Verse gestützt Bes.
979. Daneben stehen dann die obliquen Formen in Nominativ-
function. Man beachte den Nom. Plur. *sires* Bes. 675 (: *avoltires*).

In der II. Masc.-Declination wird häufiger der oblique Casus als der Casus rectus als Nominativ gebraucht.

§ 31. Die II. Femin.-Declination. — Nur an drei Stellen findet sich im Nominativ des Singular flexivisches *s* (Schmidt fand keine! s. S. 508) *la saisons : foons* A. Pl. Best. 1090; *la neifs : corteis* Best. 447; und das Adjectiv *volanz* (in praedicativer Stellung) : *granz* Best. 2411.

Fraglich ist *or z : morz* Best. 1509; man vgl. *orde : acorde* Best. 1501; ist dieses Adjectivum vielleicht an die Adjective éiner Endung angelehnt, oder liegt ein andrer Fehler vor?

Zu vermerken ist aber der Acc. Sg. *riens : biens* Best. 3723.

§ 32. Der Vocativ wird sowohl durch den Casus rectus *biaus amis* Voc. Sg.: *assis* 3 M. 287; *amis* Voc. Sg.: *pramis* Bes. 2967, : *entremis* Bes. 2705, als durch den Casus obliquus *maleürez* Voc. Pl., : *alez* Bes. 391; *Por Deu, seignors, femmes e homes* (: *sumes*) 3 M. 381 ausgedrückt.

§ 33. Die Adjective und Participien scheinen in attributiver und praedicativer Stellung mit ihrem Nomen stets überein zu stimmen; Best. 2360 *Quant la mer fu rasez et pleins* ist ein leicht zu emendirender Fehler der Handschrift V. Im Verse vorher steht *Lors comenca* (*le*) *floz a monter.* Für *la mer* ist *il* einzusetzen, wie X hat.

Für die Masculina ist natürlich die Uebereinstimmung den Flexionsverhältnissen Guillaume's entsprechend.

Nach *aveir* finden wir sowohl Congruenz als Nichtcongruenz des Particips mit dem Objecte:

Best. 829 *Pur gueredon de tel servise li* (X: *la* d. h. *cure*) *ravom nus ore en vus mise*; Bes. 3449 *Quant il revint et ot oïe e la joie e la symphonie.* Dagegen Best. 211 *Ore* (*vus*) *avom del lion dit la verite solunc l'escrit*; Bes. 3047 *Que lor eüst dit ne mostré la veie de lor salveté*; Bes. 222 *E quant il a noef meis geü : conceü*; Bes. 1030 *Trop ai eü par vus tristeces*; Bes. 3668 *Vus ai dit fine verité.*

§ 34. Als Anglonormannismen Guillaume's werden wir betrachten dürfen den Reim *frere : chiere* Bes. 3251, den Gebrauch des Adjectivs *leel* und die Verwendung der Femininform *orz* für *orde* Best. 1509.

VERGLEICH
ZWISCHEN DER SPRACHE DER MARIE DE FRANCE
UND DER DES GUILLAUME LE CLERC.

Von Wace unterscheiden sich Marie und Guillaume gemeinsam durch die von ihnen angewandte Bindung *ain* : *ein.*
Denn Wace scheint trotz einiger Reime in den auf uns gekommenen Handschriften diese Bindung nicht gekannt zu haben.
In folgenden Reimen Wace's ist *ain* und *ein* mit einander gebunden:

Aus dem Rou citirt Andresen 3, 347 *En l'abeïe Seint Oain*
(Audoēnum) *out a cel tens un sacrestein*; und 3, 2607 *Alain Robert servir ne deigne, issi munta entre els la greigne.*

Warnke, 'Ueber die Zeit der Marie de France' in der Zeitschr. für Rom. Phil. 4, 240 führt aus dem Brut drei Stellen an: v. 3612 *Ensi les fist li rois destraindre coment, qu'il s'en deüssent plaindre*; nach Le Roux de Lincy fehlen diese beiden Verse in der Handschrift, die dem Druck zu Grunde liegt.
In v. 6072 *Ne voil que altre gent i vaigne, par nos Bretons sera Bretaigne* jedoch liegt keine Verletzung vor, denn es muss *maigne* gelesen werden. v. 7889 *Rien ne valt li gent que on maigne, qui a foible et fol chavetaigne.*

Warnke führt nicht an aus dem Brut v. 13774 ff.: *Une seule tece avoit male dont li sodomite sont pale; ne sot on en lui altre vice nil ne faisoit altre malice.* [*E cele fu asses vilaine, honis est qui tel vie maine.* v. 13780 *Quant cil fu mors et enfuïs si fu apres lui roi Caris.*] *Puis fe Ceris rois de la terre, mais tote la perdi par guerre.* Die durch Klammern eingeschlossenen Verse fehlen in der dem Druck zu Grunde liegenden Handschrift. Wie nun aber v. 13781 offenbar überflüssig ist, so können leicht auch die übrigen drei Verse fremde Zuthat sein, zumal sie ohne Schaden des Zusammenhangs entbehrt werden können.

Ausserdem zählte ich in Wace's Gedichten an rein gehaltenen Reimen auf *ain* und *ein*: Im Rou I 9 *ain*, 2 *ein*; III 39 *ain*, 12 *ein*; II 6 Laissen mit 49 Reimen auf *ain*, 1 Laisse mit 6 Reimen auf *ein*. — Im Brut 93 *ain* und 24 *ein*. — In der Conception 1 *ain*. — Im Nicolaus und der Margarete je 1 *ein*.

Der Standpunkt der Vocal- und Consonantenverhältnisse ist bei Marie und Guillaume im Wesentlichen derselbe. Beide, obgleich in England lebend, bedienen sich der Franconormannischen Mundart.

Nach Warnke a. a. O. S. 239 scheidet Marie noch, wie Wace e^1 und e^2, ausser vor *l*, *n* und *c* (Fab. 76, 15 *prowesce* : *blesce*). Bei Guillaume finden wir die Reime *dresce* : *ivresce* Bes. 493. 2003, : *destresce* Best. 2330; *adresce* : *largesce* Bes. 1669, : *richesce* Best. 3418; *blesce* : *noblesce* Best. 213, : *yvresce* Best. 321; *paroisserez* (enthält doch jedenfalls die lat. Endung *-ittum*) : *prez* (praestus) Bes. 691; *ceste* : *preste**) M. M. 535. Vor *t* jedoch findet sich in den ziemlich zahlreichen Reimen bei Guillaume noch keine Bindung von e^1 und e^2. In den beiden Worten Deutschen Ursprungs *tette* : *petitette* M. M. 445 und *fret* (= ahd. *frêht*. Diez Gr. I 322, Etym. Wtb. I 191) : *met* M. M. 473 haben wir also e^2.

Da sogar Guillaume noch *ai* in offener Silbe nur mit sich bindet (vgl. § 8. Auch Benoît verhält sich so, vgl. Suchier, Zeitschr. 3, 140 Anm. 1) ist es höchst unwahrscheinlich, dass Marie folgende Verse bildete (dagegen s. Warnke S. 239) Fab. 102, 22 *Nus ne se deit metre en justise de celi qui mal li veult fere*; *returner deit en autre terre*. Vielleicht lautete der letzte Vers *en autre terre deit retraire*. Ausser an dieser Stelle findet man übrigens auch bei Marie *ai* in offener Silbe stets nur mit sich gebunden.

Auffällig ist, dass, während Marie *-ist* : *it* bindet (siehe Warnke S. 243), wir bei Guillaume keinem derartigen Reim begegnen. Nur für das Wort *meïsme* ist das Verstummen des *s* gesichert.

Die 2. Plur. Fut. hat bei Marie nicht die Guillaume'sche Endung *-eiz*.

Marie reimt *aus* (illos) : *leaus* (legalis) Mil. 113 und spricht *dous* (duos) mit o^1. Guillaume zeigt in *eus* und *deus* den Diphthong *eu*.

---

*) praestus hat vielleicht afr. geschlossenes *e* ergeben (e^2) vgl. Brut 3087, R. Troie 7839.

Die Form *poïst* (potuisset) (: *desist* Fab. 37, 46; : *remansist*
Pg. 1835; : *consentist* Lanv. 155) ist mir bei Guillaume nicht
begegnet. Auch finden sich bei ihm keine Bindungen *ui : i* wie
lit : deduit Fab. 40, 2; *cuit : dit* Fab. 2, 25 neben *deduit : nuit*
Fab. 3, 19; *cuit : deduit* Fab. 3, 41.
Auch Marie gebraucht, wie Guillaume, den Reim *livre* :
escrivre Concl. Fab. 13 neben *dire : escrire* Pg. 361. 1109.
Es ist nicht zu verkennen, dass Guillaume seine Verse
strenger baut als Marie. Mögen auch von den verschiedenen
Fällen des Hiatus, die Warnke (S. 236) in den Versen der
Marie nachweist, noch manche sich emendiren lassen, so lehrt
doch der Augenschein, dass Marie den Hiatus nicht vermied,
während Guillaume ihn als Fehler im Verse betrachtet zu
haben scheint.

Marie lässt ziemlich häufig das *r* vor *s* unberücksichtigt
(Warnke S. 241), Guillaume nur éinmal J. N. D. 985.

Ganz wesentlich verschieden ist die Sprache der beiden
Normannen hinsichtlich der Nominalflexion. Marie beobachtet
streng die Declinationsregel (s. Warnke S. 245), Guillaume dagegen wendet neben der älteren Substantivdeclination sehr oft
die verjüngte, den Accusativ allein gebrauchende an.

--- --- ---

SPRACHE UND VERFASSER DES TOBIAS.

Das gereimte Tobiasleben, herausgegeben von R. Reinsch
in Herrig's Archiv 62, 375—397, befindet sich nach dem Herausgeber in folgenden Handschriften:

1. Handschrift der Pariser Nationalbibliothek No. 19525
(vgl. Martin, Besant S. V). Nach dieser richtet sich der Ab-
druck; ich nenne sie P.

2. Jesus College zu Oxford No. XXIX; ich bezeichne sie
als O. Die Varianten derselben finden sich bei Reinsch.

3. Cod. Rawl. Misc. 534 zu Oxford.

4. Arundel 292 des Brit. Mus. zu London bei F. Michel,
Libri Psalmorum S. 364—368.

5. Die Cambridger Handschrift K k. IV. 20.

Ferner sind aber die Verse, die der Abbé de la Rue,
Essais historiques 3, 8 abdruckt, nicht aus der Handschrift

Arundel 292, wie Reinsch sagt, sondern sie finden sich, wie
man bei de la Rue a. a. O. lesen kann, 'dans la bibliothèque
de la société royale de Londres, parmi les manuscrits du duc
de Norfolk No. 292'. (Ist dies vielleicht dieselbe Handschrift,
die die Englische Uebersetzung von Guillaume's Bestiaire enthält? Letztere soll nach de la Rue, Ess. hist. 3, 23 sich in einer
Handschrift Norlk No. 292 befinden. Auch Martin, Besant
S. XXIII vermutbete Norfolk.) Diese Verse sind allerdings
denen der Handschrift A, welche von der Lesart der Handschriften O, P vielfach abweicht, sehr ähnlich, jedoch verschieden genug, um über ihre Identität Zweifel zu erwecken.
Ich nenne sie N.

Es fällt sofort auf, dass die Verse 33—338 (Ausg. Reinsch)
in gar keinem Zusammenhange mit der Geschichte des Tobias
stehen. Ohne irgend einen Uebergang fängt in der Handschrift P plötzlich die Erzählung vom Streit der vier Schwestern
an. Nach deren Beendigung stehen ohne den geringsten Zu-
sammenhang mit dieser Erzählung 6 Verse, die offenbar zur
Tobiasgeschichte gehören; darauf folgt eine Lücke in der
Handschrift. — Genau ebenso verhält sich die Oxforder Handschrift O, nur dass diese bei dieser Lücke überhaupt aufhört
mit den Worten: Explicit de Thobia. Auch zeigt sie, abgesehen von der Anglonormannischen Verschlechterung der Orthographie, den Wortlaut von P. Eine directe Abschrift von P
ist sie jedoch nicht, denn sie hat an einigen Stellen correctere
Lesarten bewahrt als P, z. B. v. 15 O: *ke*, von P ausgelassen;
v. 40 O: *refu*, P: *fu*, aber auch Bes. 3018, wo buchstäblich
derselbe Vers sich findet, steht *refu*; v. 114 O A N: *sun pere*, P:
rei; v. 196 O: *mey asloyne* A: *eslunie*, P: *menloigne*, statt Reinsch's
mei enloingne liest man besser *m'en esloigne*; v. 214 O A: *aquite*,
P: *quite*. — Ferner stehen nach v. 340 in O noch zwei Verse,
die wohl im Original gestanden haben, vgl. Lib. Tob. 1, 20 der
Vulgata.

Statt dieser interpolirten Erzählung vom Streit (*contenz*)
der vier Schwestern fehlt nun das ganze 1. Capitel des Liber
Tobiae, den Vers 20 ausgenommen. Dass wir eine Interpolation
vor uns haben, geht auch daraus hervor, dass das Gedicht
vom Contenz selbständig in A, N und der Cambridger Handschrift K k. IV. 20 enthalten ist, welche letztere, nach den im

Catalogue 3, 667 mitgetheilten Anfangs- und Schlussversen
zu urtheilen, sich ganz eng an die Redaction A anschliesst.
Das Verhältniss der Handschriften O, P, A, N lässt sich
aus folgenden Fällen erkennen:

v. 108 P: *E au mien escient le ainznee*, O: .. *men enviz la
eynee.* A: *E al men escient la plus eidnee*, N: .. *scient
.. ainsnee.*

v. 121—124 fehlen in A, N.

v. 125 A, N *manere : pere*, P *misere : pere.* In O ist erst
von späterer Hand *manere* hinzugefügt.

v. 130 A: *falyr*, N: *failir*; P: *morir*, O: *muryr.*

v. 131 A, N: *devez*; O, P: *poez.*

v. 205 A: *Bel pere quei fre vus*, N: .. *que dunc ferez vus*;
P: *Biau pere quel part irrom nus*, O: *Beau .. queu
.. irrum.*

v. 209 A: *Ki vus durreit conseil mes*, N: .. *purra conseilles
mes.* P: *En vostre quer manum ades*, O: *queor.*

v. 212 A, N: *perir*; P: *morir*; O: *finyr.*

Man sieht, dass sich hier zwei Redactionen gegenüber stehen.
Von der Redaction AN scheint N die bessere Handschrift zu sein.
Dass übrigens die Vorlage von OP noch nicht das Original
ist, geht hervor aus v. 256. In P (wahrscheinlich auch in O;
Reinsch giebt darüber keine Auskunft!) fehlt mindestens éin
Vers, des Reimes wegen. Von den 5 Versen, die A an dieser
Stelle mehr hat als P, hat Reinsch schon den ersten abgedruckt.
Von den andern wird man die beiden letzten (*Le*) *deus volent
k'il morge en prisun   sanz merci et sanz rancun.* desgleichen
das *E* am Anfang von v. 257 kaum entbehren wollen. Der
Anglonormannische Schreiber von A giebt in der von ihm ver-
fassten Einleitung eine Inhaltsangabe des Gedichtes, worin er
Verse aus dem Gedichte einflocht; so auch diese beiden. Er
fand sie also in der Vorlage.

v. 114 A, N, O: *sun pere*; P: *le rei.* Ist das auch nach-
trägliche Correctur in O? — Am meisten weichen A und N
in v. 120 ab, A: *del prisun*, N: *de la mort.*

In A fehlen überhaupt folgende Verse von P, von v. 33
an gerechnet: v. 33—50, wofür A 24 Verse enthält, die sich
durch die Reime *né* Part. Perf. Fem. : *pité*, v. 11 *appellé* Part.
Perf. Fem. : *unité*, v. 13 *a un : prisun* als Zuthat eines Anglo-

normannischen Schreibers herausstellen. Ferner vv. 55, 56;
121—124; 149, 150; 167—172; 267, 268; 277, 278; 283—286.
Von v. 335 an weichen A und P, O von einander ab bis zum
Schlusse.

Man ist also genöthigt, die Untersuchungen über den Contenz und die über den eigentlichen Tobias durchaus zu trennen.

Die Reime im Contenz erfüllen nun alle die Regeln, die
wir für Guillaume's Sprache kennen gelernt haben: *an* und *en*
werden in Normannischer Weise auseinandergehalten v. 71
venjance : acordance, v. 83 *serjant : semblant*, v. 175 *puissant :
avant*; v. 89 *oltreement : comandement*, v. 117 *dolent : fent*.

Lat. ŏ in offner Silbe, wie schon Mall, Comp. S. 49 in Bezug auf die Hs. Arundel beobachtet hatte, reimt nicht mit
anderem *o* v. 129 *muet : estuet*, v. 181 *fuer : suer*. Der von P O
v. 207 abweichende Reim von A *for : quor* fällt weg. Beiläufig
bemerkt giebt A consequent jedes geschlossene *o* durch *u*, jedes
andere durch *o* wieder.

ai in offener Silbe vv. 49, 63, 120, 199, 289 reimt nur
mit sich.

e[3] zeigen wie bei Guillaume v. 125 *misere : pere*, v. 47 *erent
: aministrerent*.

Von den Adjectiven im Lateinischen 1. und 2. Endungen
hat nur *mole* (: *parole*) v. 173 das Feminin-*e*.

Die Declination zeigt denselben Stand wie bei Guillaume.
Das Wort *soror* ist ja natürlich oft gebraucht, und versehen
sowohl Casus rectus als Casus obliquus Nominativfunctionen
v. 182 *suer : fuer*; v. 191 *seror : amor*, v. 60 *: jor*. Der Accusativ kommt nur einmal vor als zwar in der Form des Casus
rectus. v. 271 P: *Pes, ma suer, irrai remener*, O: *sorur irray*;
A: *Pes, ma sor, vois ramener*. Gegen letztere Lesart spricht
aber, dass in dieser Rede der Sohn sich stets des Futurs be-
dient. Schmidt's Behauptung (Rom. Stud. 4, 508): „Nominativ
statt Obliquus kommt nicht vor" ist also nicht völlig begründet.

Der Vocativ kommt einmal im Reime vor v. 269 *pere chier
: conseiller*.

Ferner ist zu beachten, dass vv. 377, 236, 273 *ceö est*,
v. 50 *ceö esteit*, v. 70 *ceö oïe*, v. 258 *ceö estrive*, dass ferner
vv. 275, 283, 290 *jeo* im Hiatus gesichert ist und dass sich
keine apostrophirte Form findet.

Rechnet man zu der Identität der Sprache die theilweise wörtlichen Uebereinstimmungen mit Versen aus Guillaume's Gedichten, die Schmidt S. 518 aufzählt, von denen besonders v. 40 und 173. 4 auffällig sind, so wird man zugeben können, dass Guillaume der Verfasser des Contenz sei.

Auch in Bezug auf die Sprache des Tobias ist zu constatiren, dass die vocalischen Verhältnisse der Reime durchaus die Franconormannischen sind.

Zu *devorer* : *criër* 719, *mariër* : *delivrer* 1317 vgl. § 5. — *ai* in offener Silbe vv. 863, 975; lat. *ŏ* in offener Silbe nur 1215 *oef* : *proef*. Auch den Triphthong *ieu* können wir constatiren *eulz* : *mielz* 1217, *Dieu* : *lieu* 569.

an finden wir in *maintenant* : *quant* 361; *demaintenant* : *avant* 653, : *itant* 731, : *covenant* 1183; *enfanz* : *avenanz* 757; *enjornant* : *serjant* 973; *mananz* : *serjanz* 1101, : *enfanz* 1393; *avant* : *joiant* 1159; *batant* : *demenant* 1199; *tant* : *morant* 1413; *viande* : *demande* 1325. — *en* haben *genz* : *comandemenz* 463, : *parenz* 1237, *gent* : *parent* 753, : *argent* 1233, *parenz* : *dolenz* 1037.

Ferner beachte man *l'en* : *amen* 1077 und *prusdom* : *renom* 839; *mere* : *misere* 1127; *amerent* : *erent* 1419.

Zur Nominalflexion.

Interessant ist, dass wir auch im Tobias *li angles* (Hs. *langle*) 1171, *li angles* 1276, *li angres* 1331 als Nominative im Singular finden, während sonst keineswegs die alte Declinationsregel beobachtet ist; es sind vielmehr 33 verjüngte Formen gegen 21 alterthümliche gestützt.

Flexivisches *s* für die II. Fem. Declination ist nur in dem in praedicativer Stellung stehenden Adjectiv *avenanz* (: *enfanz* 758) gesichert.

Der Vocativ lautet im Reime im Sing. : *amis* 631, 683, 793, 1299; *sire danzel* 633; *ami* 672; *compainz* 1171. Im Plur. : *amis* 883.

Nach *aveir* finden wir sowohl Congruenz: v. 939 *Quant les treis nuiz avrom passées*; v. 483 *Sarre aveit set barons eüz*; v. 518 *Les set barons que jeo ai eüz*, als auch Nichtcongruenz: v. 763 *Qu'ele a ja set barons eü*; v. 1416 *Nonante e noef anz ot passé*. Auffällig ist die Nichtcongruenz des Praedicatsnomens v. 508 (*Sarre*) *En sa chambre s'en est foï* : *oï*. Es wird *s'en a* zu lesen sein!

Zur Verbalflexion.

Auch im Tobias finden wir in der Verbalflexion Guillaume's Alterthümlichkeit. Die 2. Plur. im Futur und Subjunctiv des Praesens findet sich in den Reimen in folgender Schreibweise *ensevelirez : verrez* 549; *irrez : portereiz* 615; *demandereiz : auereiz* 791; *prendrez : yettereiz* 797; *amonestereiz : meteiz* Subj. Praes. 801; *receuereiz : serrez* 813; *reverrez : serrez* 1141; *partireiz : irreiz* 1381; *feiz : facez* 376. Es ist klar, dass die Endung -*eiz* war.

Auch im Tobias steht das Perf. *beneï* (: *deservi*) 1017.

ceö est findet sich vv. 786, 1045, 1063; *ceö a* 369, *ceö estre* 371, *ceö entendi* 445. Dagegen *c'est* v. 3 und v. 846, in dem man jedoch auch *ceö est* herstellen könnte, wenn man *semble* statt *resemble* schriebe, wie v. 843 steht; man beachte, dass J. N. D. 74 auch *resembler* fälschlich für *sembler* steht.

Im Hiatus steht *jeo* vv. 456, 474, 684, 762, 1047 und apostrophirt ist es vor *ai* v. 518.

Hält man zu diesen Thatsachen noch den Umstand, dass der Tobias laut v. 23 ff. in oder bei Kenilworth in Warwickshire entstand, dass der Verfasser der Treis Moz in derselben Landschaft lebte, dass im Tobias verschiedene Verse wörtlich übereinstimmen mit solchen aus den Gedichten des Verfassers der Treis Moz, so kann kein Zweifel sein, dass der Verfasser dieser Gedichte und der des Tobias derselbe, Guillaume, le Clerc de Normandie, sei.

DIE QUELLEN DES TOBIAS.

Dass Guillaume's Vorlage Lateinisch war, geht aus seinen eignen Worten hervor: Tob. 23 *Le prior Guillaume me prie ... que jeo li enromanz la vie   de celui qui out non Tobie;* Tob. 1422 *L'estorie est definee ici, que translatee avon brefment.* (Warum hält Reinsch diese beiden letzten Verse für unecht?) Reinsch, in der Vorrede zur Ausgabe des Tobias, ist der Meinung, Guillaume's Quelle sei die Tobiade des Matthaeus Vindocinensis. Gründe seiner Meinung giebt er nicht an. Was dafür sprechen könnte, dass Guillaume des Matthaeus Werk gekannt (an eine Benutzung desselben als Vorlage ist gar nicht zu denken; von all den Abschweifungen des Matthaeus von der Vulgata findet sich bei Guillaume nicht die geringste Spur!) wäre vielleicht der zweimalige Gebrauch des Gleichnisses Tob. 424 *Ore esprove Deus nos corages, com li orfevres fait son or;* Tob. 1305 *Por prover e por espurgier ausi come l'en fait l'or mier,* das sich auch bei Matthaeus, unabhängig von der Vulgata findet, Matthaei Vindociuensis Tobias ed. Müldener v. 227: *Quod fornax auro, quod ferro lima flagellum messibus, est justis asperitatis hiems.* Ebenso gut jedoch kann Guillaume auf dieses nicht gerade ungewöhnliche Gleichniss auch ohne Matthaeus Vindocinensis gekommen sein. Vielleicht auch könnte man anführen: Tob. 495 *Une garce de chies son pere, qui n'ert pas de mesdire avere;* Matth. Tob. 411 *In dominam conspirat atrox ancilla venenum naturale loquax elicit, ista refert :.* Doch hat man auch allen Grund, einen derartigen characterisirenden Zusatz als Eigenthum des Französischen Dichters zu betrachten. Man vergleiche dieselbe Erscheinung Tob. 452, S. 36 besprochen.

Nach O. F. Fritzsche, Exegetisches Handbuch zu den Apokryphen des alten Testaments. 2. Lieferung S. 13, verdrängte die Hieronymianische Fassung des Buches Tobias, die ganz wesentlich von der der Septuaginta inhaltlich und stilistisch abweicht, die alten Lateinischen Uebersetzungen der Septuaginta und ward während des Mittelalters in der Lateinischen Kirche der authentische Text, der ausgelegt und übersetzt wurde; er citirt z. B. mehrere ältere Italienische Uebersetzungen. Die Richtigkeit dieser Beobachtung wird bestätigt durch die Thatsache, dass, wie die Tobiade des Matthaeus Vindocinensis, so auch die Guillaume's sich inhaltlich genau an die Vulgata anlehnt.

Neben vielen Abweichungen von dieser Vorlage, die in der Natur der Uebertragung aus Lateinischer Prosa in Französische Verse liegen, hat Guillaume's Tobias nun auch deren eine Anzahl, die sich in der, von der Vulgata bedeutend abweichenden Septuaginta-Fassung wiederfinden. Die Erklärung dieser Thatsache liegt in den von Fr. Kaulen, Geschichte der Vulgata. Mainz 1868. S. 211 ff. dargestellten Handschriftenverhältnissen der Vulgata. Nach Fritzsche, Handbuch S. 3, kennt man bis jetzt nur die beiden Lateinischen Fassungen des Tobias nach der Septuaginta, die bei Petrus Sabatier, Bibliorum Sacrorum Versiones antiquae seu Vetus Italica. Remis MDCCXLIII, Bd. I, S. 706—743 abgedruckt sind.

Im Folgendeu sollen zunächst die Fälle besprochen werden, in denen Guillaume's Entlehnungen aus den Lateinischen Septuaginta-Uebersetzungen in Sabatier's Texten sich finden. Sabatier giebt im Haupttexte die Lesart der Pariser Handschrift Bibl. Reg. 3564 und der Pariser Handschrift Sangerm. 4, die dieselbe Lesart hat, nur an vielen Stellen zerstört ist. Ich nenne den Text dieser beiden Handschriften, wie Fritzsche, Vetus Latinus. Unter dem Texte stehen die Varianten 1. der Pariser Handschrift Sangerm. 15, derselben Redaction wie Vet. Lat. angehörig. Bei Cap. 13, 2 hört das Buch Tobias auf mit den Worten: Explicit Tobi justus. 2. Der Handschrift Vatic. 7, früher der Königin Christine von Schweden gehörig; sie enthält nur Cap. 1—6, 14; die beiden letzten Verse sind jedoch aus der Vulgata interpolirt. Der Text dieser Handschrift bietet eine vom Vetus Latinus abweichende Redaction, wie schon Sabatier bemerkte. 3. Die Citate aus dem Vetus Latinus, die sich bei den Kirchenvätern Cyprian, Lucifer von Cagliari, Ambrosius und im Breviarium Mozarabicum finden. Vgl. Sabatier, Bd. I, S. 706 und Fritzsche, Handbuch S. 11. Ausserdem sind die Lesarten der Vulgata und Septuaginta abgedruckt. Die Vulgata ist im Folgenden nach Tischendorf, Biblia Sacra Latina. Lipsiae 1873 citirt; die Septuaginta nach Sabatier a. a. O.

In Folge der Corruption der Handschrift fehlt in Guillaume's Tobias Cap. 1—2, 1.

V. 347: Statt Vulg. 2, 2: *timentes Deum* hat Guillaume: *povres e bosoignos.* — Vet. Lat. 2, 2: *Vade, et adduc quemcunque pauperem inveneris.*

v. 358: *estranglé;* Vulg. 2, 3: *jugulatum;* Vet. Lat. 2, 3: *occisus laqueo circumdato.*

v. 362: *Ainceis, qu'il mangast tant ne quant;* Vulg. 2, 3: *jejunus;* Vet. Lat. 2, 3: *antequam quicquam ex illo gustarem.* Vielleicht lässt die Lesart der Handschrift Vatic. 7: *antequam gustarem ipsum (prandium)* den Schluss zu, dass Guillaume keine Handschrift dieser Redaction benützte.

v. 415: *Ses amis desqu'a lui veneient   come a Job e si (li) diseient;* Vulg. 2, 15: *Nam sicut beato Job insultabant reges, ita isti parentes et cognati ejus irridebant vitam ejus, dicentes;* Vet. Lat. 2, 15 ist zwar dem Sinne nach der Vulgata und Guillaume unähnlich, doch stehen an dieser Stelle die Worte: *et omnes fratres et amici mei dolebant pro me.*

v. 440: *La comenca a apeler*; Nur Vet. Lat. 2, 21 bietet: *et vocavi ad me uxorem et dixi.*

v. 500: *Dame, qui estranglez la gent,   qui mort avez vos set espos,   ja Deus ne nus doint fruit de vos!   Volentiers m'estrangliriëz,   se le poeir en aviëz,   com vos feïstes voz mariz;* Vulg. 3, 9: *Ergo cum pro culpa sua increparet puellam, respondit ei, dicens: Amplius ex to non videamus filium, aut filiam super terram, interfectrix virorum tuorum.* 10. *numquid occidere me vis, sicut jam occidisti septem viros*; Vet. Lat. 3, 9: *Et dixit illi ancilla sua: Tu es quae suffocas viros tuos; ecce jam tradita es viris septem, et nullo eorum fruita es.   Quid nos flagellas, aut causa virorum tuorum, qui mortui sunt? vade et tu cum illis, et nunquam ex te videamus filium neque filiam in perpetuum.* Aus diesem Beispiele kann man erschen, wie Guillaume sich seinen Vorlagen gegenüber verhält: der Inhalt ist der der Vulgata; einzelne Worte und Wortwendungen sind einer Fassung, wie sie der Vetus Latinus bietet, entlehnt oder nach seinem Vorbilde unterdrückt: *ergo cum pro culpa sua increparet puellam* fehlt, wie man sieht, an der entsprechenden Stelle im Vetus Latinus. Auf die Uebereinstimmung in der Stellung *Dame qui estranglez* . . . und *tu es quae suffocas* zu Anfang, ist an und für sich kein Gewicht zu legen, man wird sehen, dass zumal in Reden, in Bezug auf die Reihenfolge der Gedanken Guillaume sich keineswegs an die Vulgata und den Vetus Latinus bindet, sondern durchaus selbständig seinen künstlerischen Geschmack walten lässt. Möglich wäre allerdings, dass ihm schon Jemand auf diesem Wege vorangegangen war, doch liegt zu dieser Annahme kein Grund vor, da wir in Guillaume nicht den geringsten Dichter und Denker seiner Zeit vor uns haben.

v. 506: *Mult fu le quer Sarre marriz.* Die Vulgata bietet nichts Derartiges; Vet. Lat. 3, 10 jedoch: *Eadem hora contristata est anima puellae.*

v. 587: *Conseil de prosdome querrez, ceo que il vus dirra creez;* Vulg. 4, 19: *Consilium semper a sapiente perquire.* — Vet. Lat. 4, 19: *Consilium ab omni homine sapiente inquire, et noli contemnere; quoniam omne consilium utite est* bietet in dem Zusatze zwar keine wörtliche Uebereinstimmung mit v. 588, aber doch den Sinn, nach dem v. 588 wohl gebaut sein kann.

v. 691: *Son pere e sa mere a beisié* fehlt der Vulgata und Septuaginta; Vet. Lat. 5, 22: *et osculatus est patrem suum et matrem.*

v. 724: *Pren le, fait l'autre, si l'acore;* Vulg. 6, 4: *apprehende branchiam ejus et trahe eum ad te;* Vet. Lat. 6, 4: *Comprehende et tene illum.*

v. 757: *Une fille a, n'a plus enfanz, Sarre a non, mult est avenanz;* Vulg. 6, 11: *vir propinquus de tribu tua, et hic habet filiam nomine Saram;* Vet. Lat. 6, 11: *et habet filiam speciosam nomine Sarram* und 6, 12: *et enim puella haec sapiens, fortis et bona valde et constabilita.* In der Septuaginta fehlt in 6, 11 das dem *speciosam* Entsprechende; der überarbeitete Griechische Text jedoch, bei Fritzsche, Handbuch S. 89, 6 schreibt: *καὶ αὐτὴ καλή.* Fritzsche sagt S. 11: Eine genaue Vergleichung lehrt, dass im grösseren Theile des Buches (Vet. Lat.) der überarbeitete Griechische Text wiedergegeben wurde.

v. 790: *Ceste Sarre, dont jeo vus di, a son pere demandereiz, e jeo sai bien, que vus l'avreiz.* In der Vulgata steht an ganz anderer Stelle (6, 13): *Pete ergo eam a patre ejus et dabit tibi eam in uxorem;* der Vetus Latinus jedoch hat erst 6, 16 wie Guillaume, *sed postula illam et scio quoniam dabitur tibi hac nocte uxor.*

vv. 793—803: Guillaume hat dieselbe Reihenfolge der Gedanken wie Vet. Lat. 6, 18. 19: „Wenn du in's Brautgemach getreten bist, so räuchere, und der Daemon wird vertrieben sein in alle Ewigkeit. Dann aber betet zu Gott." Die Vulgata hingegen: „Wenn du in das Gemach getreten bist, enthalte dich deiner Frau drei Tage und thue nichts als beten; in der Nacht aber räuchere etc."

v. 800: *Ja n'i arestera maufé;* Vulg. 6, 19 hat blos: *fugabit daemonium.* — Vet. Lat. 6, 18: *et non apparebit circa illam omnino in perpetuum.*

v. 1137: *ma dolce suer*; Vulg. 10, 6: *tace, et noli turbari*; Vet. Lat. 10, 6: *tace, noli contristari soror*. Es fehlt diess in der Septuaginta, dagegen hat der überarbeitete Griechische Text, bei Fritzsche, Handbuch S. 97, 7, θάρσει ἀδελφή.

v. 1162. *Les dous compaignons od lor chien*; Vulg. 11, 4 erwähnt an dieser Stelle den Hund nicht; Vet. Lat. 11, 4: *et abiit cum illis et canis*. Wahrscheinlich entlehnte der Dichter diess aus dem Vetus Latinus, weil ihm die Erwähnung des Hundes Vulg. 11, 9 unvorbereitet vorkam.

Noch aber finden sich Entlehnungen Guillaume's aus Lateinischen Septuaginta - Fassungen, für die Sabatier's Lateinische Texte Nichts bieten:

v. 693. Tobias nimmt Abschied von seinen Eltern Vulg. 5, 22. In Guillaume's Gedicht steht hier nun *E un chenet les a siwiz*; — Vulgata und Vetus Latinus (alle Handschriften) bieten nichts dem Entsprechendes. Die Septuaginta jedoch: καὶ ὁ κύων τοῦ παιδαρίου μετ᾽ αὐτῶν.

v. 711: *E li compaignon ont erré, tant que il lor fu avespré. La premiere (nuit), ceo m'est vis, jurent sus l'eve de Tygris;* Vulg. 6, 1: *Profectus est autem Tobias, et canis sequutus est eum et mansit prima mansione juxta fluvium Tigris;* desgl. Vet. Lat. 6, 1: *.... et comprehendit illos prima nox et manserunt super flumen Tigrim.* — Die Septuaginta jedoch bietet: ἦλθον ἐσπέρας ἐπὶ τὸν Τίγριν ποταμὸν,. Ausserdem stimmen auch Guillaume und Septuaginta in der Nichterwähnung des Hundes überein.

Nun giebt es noch eine Reihe von Abweichungen des Französischen Gedichts von der Vulgata-Lesart, die, lediglich formeller Art, in der künstlerischen Absicht des Dichter's ihren Grund haben. In Bezug auf die Composition zumal der Reden und auch der Erzählung (vgl. Cap. 10 und 11) ist ein Streben nach geschlossener Form zu bemerken. Auseinander liegende sinnverwandte Stellen der Vulgata werden zusammengezogen u. s. w. Für manche andre Abweichungen, z. B. lebhaftere Dialoge (Tob. 371—382 u. s. w.), wird man kaum eine andere Quelle als den Dichter selbst auffinden.

v. 371—376. Die Freunde tadeln den alten Tobias: *Sire! font il, que puet ceo estre por le glorios rei celestre? Oscis serrez et desmembrez par ces cors que vus enterrez. Eschapé estes une feiz; soffrez a tant, plus nel faceiz!* Vulg. 2, 8: *Jam hujus rei causa interfici jussus es, et vix effugisti mortis imperium, et iterum sepelis mortuos.* Auch Vet. Lat. 2, 8: *Quomodo non timet hic homo? jam enim inquisitus est hujus rei causa, ut occideretur, et fugit, et perdidit substantiam suam et iterum sepelire coepit mortuos* zeigt Nichts, an das sich Guillaume angelehnt hätte. Desgl. steht vv. 377—382 (die Antwort des Tobias in directer Rede) nicht in der Vulgata und dem Vetus Latinus. Ebenso selbständig sind die tadelnden Worte der Freunde nach Tobias' Erblindung und Tobias' Antwort: *Sire! vos almosnes ou sont? Mostrez quel aïe il vos font! Que sont vos bienfaiz devenuz?* (420.) *Ore estes vus trop vil tenuz. Se vus eüssez bien servi, vus ne geüssez mie issi. Il lor diseit: N'estes pas sages! Ore esprove Deus nos corages,* (425.) *com li orfevres fait son or. Bien nus porra aider encor e en poi d'ore enluminer; ne devom nule hore finer, por nule persecucion,* (430.) *d'estre en bone devocion vers lui, e de crier merci de quanqu'il nus enveie ici;* Vulg. 2, 16 (Vct. Lat. weicht ab): *Ubi est spes tua, pro qua eleemosynas et sepulturas faciebas?* (17.) *Tobias vero increpabat eos, dicens: Nolite ita loqui:* (18.) *quoniam filii sanctorum sumus, et vitam illam expectamus, quam Deus daturus est his, qui fidem suam nunquam mutant ab eo.* Nicht unwahrscheinlich sind die Verse 381. 2. *Qui por lui ci travaillera el ciel gueredon en avra,* denen an ihrer Stelle Vulg. 2, 9 nichts entspricht, aus obiger Vulgatastelle: *et vitam illam expectamus* etc. entlehnt.

vv. 435—444 = Vulg. 2, 19—21; jedoch die Worte *reddite eum dominis suis* sind verändert wiedergegeben durch v. 443: *Gardez, qu'a tort n'aiom d'autrui por poverté ne por ennui.*

Die etwas dunkle Antwort der Anna Vulg. 2, 22: *Manifeste vana facta est spes tua, et eleemosynae modo apparuerunt* ist bei Guillaume mit nicht unübler Characzeichnung ersetzt durch v. 447 ff.: *Sire! fait ele, or semble bien, que vos almosnes ne sont rien e que vostre esperance est vaine.* (450.) *Ceo que jeo gueagn a grant paine ne volez prendre sanz grocier; bien me devreie corecier!* v. 456: *Quel mot ai jeo ici oï?* ist Zusatz und v. 457: *Ore ai vescu trop longuement* steht in der Vulgata erst 3, 6 d. h. am Schlusse des Gebetes: *Expedit enim mihi mori magis quam vivere.* An der Vulg. 3, 6 entsprechenden Stelle steht im Gedichte v. 474 nochmals: *car jeo ai trop ici esté.* In dieser Weise sind bei Guillaume fast alle Gebete und Reden inhaltlich gleich der Vulgata, formell selbständig.

Das Gebet der Sara vv. 511—532 (= Vulg. 3, 13—23) wird in Guillaume's Gedicht verschieden von der Vulgata eingeleitet. — Vulg. 3, 11: *in oratione persistens, cum lacrymis deprecabatur Dominum, ut ab isto improperio liberaret eam* (13.) *Factum est autem tertio die, dum compleret orationem benedicens Dominum, dixit:* .. hier folgen die Worte des Gebets, ohne weitere Bemerkung am Schlusse. Tob. 508: *En sa chambre s'en est foï; treis jorz e treis nuiz demora, onques ne but ne ne manga. Veirs Deus! fait ele,* etc. es folgt der Wortlaut des Gebetes, dann: v. 533: *Quant ele ot s'oreison finee, envers le ciel s'est enclinee e prie Deu mult dolcement, qu'il la regard hastivement.*

Auch der Gedankengang im Gebet ist bei Guillaume ein andrer: vv. 511—521 = Vulg. 3, 16—19; vv. 522—532 = Vulg. 3, 13 in freier Behandlung; Vulg. 3, 15 ist zweimal benutzt in v. 524 und v. 531.

Die Abschiedsworte des alten Tobias an seinen Sohn vv. 546—622 = Vulg. 4.

vv. 565—570: Bei der Ermahnung, Almosen zu spenden, Vulg. 4, 7, werden sofort 4, 11. 12, die vom Segen, der auf dem Almosengeben ruht, handeln angeknüpft.

v. 593 ff.: Mit unverkennbarer Absicht reiht Guillaume alle die väterlichen Rathschläge aneinander und lässt dann erst die geschäftliche Mittheilung folgen; so ist die auf letztere gehörige Antwort des Sohnes nicht, wie in der Vulgata, durch den nachhinkenden Vers 4, 23 getrennt.

Die Vulgataverse sind in folgender Reihenfolge benutzt: v. 575—577 = Vulg. 4, 16; v. 578—582 = 4, 14; v. 583—586 = 4, 13; v. 587—588 = 4, 19; v. 589—592 = 4, 17 nebst *vostre vin* aus 4, 18. Vollständig ausgelassen ist auffälliger Weise Vulg. 4, 15 (dieser Vers fehlt in keiner der bis jetzt bekannten Vorlagen) und 4, 20; letzterer vielleicht wegen des ähnlichen Verses 4, 6. Von 4, 18 ist nur das Wort *vinum* benutzt und in 4, 17 ist *de vestimentis nudos tege* nicht berücksichtigt.

v. 568 ff.: *Nus ne puet tresor aüner   qui tant li aït devant Dieu   ne qui li tienge si bon lieu* ist vielleicht = Vulg. 12, 8: *bona est oratio cum jejunio et eleemosyna magis quam thesauros auri recondere.*

v. 604: *Tant que vostre pere vit* ist vorausgenommen aus Vulg. 5, 4: *dum adhuc vivo.*

v. 645: *Tobie qui ne quidot mie   que il eüst en compaignie   l'angre nostre seignor trové* steht bei Guillaume erst nach der Unterredung der beiden Jünglinge, in der Vulgata (5, 6) vor derselben: *Et ignorans quod angelus Dei esset salutavit eum.* Vulg. 5, 9: *sustine me obsecro, donec haec ipsa nunciem patri meo* fehlt bei Guillaume.

v. 656: *Que Deus joie li trameïst*; in der Vulgata (5, 11) steht die directe Rede: *gaudium tibi sit semper.*

v. 670: *sain et sauf le remenrai*; Vulg. 5, 15 blos: *ego ducam et reducam eum ad te,* jedoch 5, 20 steht: *ego sanum ducam et sanum tibi reducam.* Der Vetus Latinus hat hier (5, 20): *salvi ibimus, et salvi revertemur.* Nicht unwahrscheinlich stammt hierher Guillaume's *sauf.*

v. 706: *Il a mult bone compaignie.* Das *credo enim quod Angelus Dei bonus comitetur ei* ist aus Vulg. 6, 27 in 6, 26 eingeschoben nach *noli flere.*

vv. 724—728: Die Worte Raphael's werden nicht wie in der Vulg. 6, 4 — 5 durch Erzählung unterbrochen; desgl. vv. 742—748 die Unterweisung Raphael's über die Heilkräfte des Fisches; 5, 5 und 5, 8 sind zusammengeschmolzen.

In vv. 804 — 817 behandelt Guillaume Vulg. 6, 18 — 22 ziemlich frei.

Vulg. 7, 5: *Cumque multa bona de eo loqueretur* ist in den vv. 839—842 als wirkliche Rede gegeben: *Deus! fait il, itant est prusdom   e leaus e de grant renon;   prochain e d'un lignage somes,   ou mult a eü prudeshomes.* Zumal für die beiden letzten Verse findet sich gar nichts Entsprechendes in den Vorlagen.

v. 843. 4: *Molt li semble cist jovenceaus   qui est genvres vaslez e biaus*; in der Vulgata (7, 2) nur: *quam similis est juvenis iste consobrino meo!*

Folgende Abweichung ist bemerkenswerth v. 892: *Lors la prent par la destre main,   en la destre au vaslet la baille;   on-*

ques ni ot autre esposaille fors la chartre de mariage si come donc esteit usage. — Vulg. 7, 15: *Et apprehendens dexteram filiae suae, dextrae Tobiae tradidit, dicens: Deus Abraham, et Deus Isaac, et Deus Jacob vobiscum sit, et ipse conjungat vos, impleatque benedictionem suam in vobis* (16). *Et accepta charta fecerunt conscriptionem conjugii.* Statt dieser Auslassungen ist Vulg. 7, 17: *Et post haec epulati sunt, benedicentes Deum* erweitert zu vv. 901 ff.: *E por les dous qui s'assemblerent, por Sarre e por le jovencel preierent le Deu Israel, qu'il fust od els e lor donast fruit e lignee qui l'amast.*

v. 905: *Quant vint a l'hore de cochier* steht nicht in der Vorlage und ist deshalb durch den Gleichlaut mit Ben. 1938 wohl eine beweiskräftige Stelle für Guillaume's Autorschaft. Desgl. v. 350: *E come leisir en avon* = J. N. D. 730 *Tant come leisir en avon.*

Vulg. 7, 19—8, 1 fehlt bei Guillaume.

v. 929 ff. Auch im Französischen Gedichte ist unterschieden zwischen den mahnenden Worten des Tobias an seine junge Frau und dem Gebet zu Gott; jedoch sind abweichend von der Vulgata zu ersteren aus Vulg. 8, 7 die Worte: *Domine Deus patrum nostrorum* hinzugefügt und vv. 931—934 daraus gebaut. Nach der Ansprache des Tobias folgen die zustimmen-Worte Sara's v. 955 ff.: *Sire! fait Sarre, c'est molt bien vostre desir si est le mien, e vus dites dreit e reson;* darauf v. 958: *Lors de sont mis a oreison.* — In der Vulg. 8, 10 spricht Sara, nachdem Tobias das Gebet vollendet: *Miserere nobis Domine, miserere nobis, et consenescamus ambo pariter sani.* Bei der Bildung der Verse 942—949 ist die Reminiscenz an Vulg. 6, 21. 22 nicht ohne Einfluss gewesen.

v. 999 ff. Vulg. 8, 20 ist in 8, 16 eingeschoben; Vulg. 8, 17— 8, 19 ist von Guillaume übergangen, statt dessen steht hier der Wortlaut von 7, 13 = v. 1003.

vv. 1010—1018 sind selbständiger Zusatz.

vv. 1028—1044: die Vulgataverse sind in folgender Reihenfolge benutzt: (cap. 9) 1, 2, 5, 4, 3.

vv. 1045—1047. Diese Antwort des Engels steht nicht in der Vulgata.

Von v. 1083 an ist der Bau der Erzählung total verändert: In der Vulgata springt nach der Beschreibung der Hochzeits-

freuden zu Ekbatana die Erzäblung zu Tobias Eltern über und
berichtet uns von deren Kummer über das Ausbloiben des
Sohnes = Vulg. 10, 1—7; Raguel versucht seinen Eidam länger
zurückzuhalten; da ihm das nicht gelingt, übergiebt er ihm
seine reich ausgestattete Tochter und entlässt sie mit väterlichen Ermahnungen. Als sie in Charan, auf halbem Wege
nach Ninive gelegen, angekommen waren, räth Raphael dem
Tobias, mit ihm voranzueilen = Vulg. 10, 8—11, 4; Anna aber
sass am Wege nach dem Sohne ausspähend; sie erkannte ihn
von Weitem und lief den Vater zu benachrichtigen: siehe dein
Sohn kommt = Vulg. 11, 5—6. Raguel aber sprach zu seinem
Begleiter: Sobald Du Dein Haus betreten, bete zu Gott; dann
nimm von der Fischgalle und bestreiche damit Deines Vaters
Augen, und alsobald wird er sehend werden = Vulg. 11, 7—S;
da lief das Hündlein schwanzwedelnd voran, und der Vater
erhob sich und ging seinem Sohne entgegen.

Guillaume erzählt v. 10S3 ff.: Nachdem die Hochzeit vor-
bei war, wollte Tobias sich auf keine Weise mehr zurückhalten
lassen. (Vollständig übergangen ist Vulg. 10, 8 d. h. der Ver-
such Raguel's seinen Schwiegersohn zum Bleiben zu bewegen
durch das Versprechen, einen Boten mit Nachrichten über des
Sohnes Wohlbefinden an den Vater Tobias zu senden.) Deshalb übergiebt Raguel seinem Eidam die Hälfte seines Reich-
thums (vv. 1088—1099 = Vulg. 8, 24; dieser Vers ist überhaupt mit 10, 10 verschmolzen. — v. 1106 ff.: *D'enfraindre
covenant n'a cure, car molt ert leiauté greinor, que ele n'est ui
cest jor* finden sich nirgends in den Vorlagen.) Sie entlassen
die Tochter mit Mahnungen und Segen. (Woher stammt v. 1114:
A lor meson s'en retornerent?) Raphael führt sie bis Carre,
das auf der Mitte des Weges nach Ninive liegt. In Ninive
sorgt sich der Vater sehr um seinen Sohn. Das Gespräch der
Eltern des Tobias ist ein lebhafter Dialog, in dem wir charac-
teristische Zusätze Guillaume's finden: Die Mutter schilt den
Vater v. 1130 ff.: *Quant nostre fiz vus enveiastes, nostre joie,
nostre confort, vus en eüstes mult grant tort! Sa demorance
tant me grieve, a pou, que li cuers ne m'en creve.* In der
Vulgata lesen wir nicht, dass Anna ihrem Gemahl Vorwürfe
macht, sondern sie spricht nur (10, 5): *te non debuimus dimittere
a nobis*; (10, 4): *ut quid te misinus peregrinari.* Anna aber

ging oft auf einen Hügel, zu sehen, ob ihr Sohn käme. An der entsprechenden Stelle Vulg. 10, 7: *circuibat vias omnes;* jedoch Vulg. 11, 5: *Anna autem sedebat secus viam, in supercilio montis,* (an der dieser letzteren entsprechenden Stelle bei Guillaume v. 1190 steht dann wörtlich; *Sor le sorcil del mont seeit.*) — v. 1147 ff.: Raphael räth dem jungen Tobias von Carre aus mit ihm voranzueilen. Tobias stimmt ihm bei. Die beiden Gefährten mit ihrem Hunde eilen auf Ninive zu. Als sie sich der Stadt nähern, spricht der Engel: Lieber! Deine Eltern haben sich um Dich geängstigt. (Diese Stelle weicht vollständig von der Vulgata ab. Dort sagt an anderer Stelle der junge Tobias zu Raguel, als dieser ihn zurückhalten will (10, 9): *Ego novi quia pater meus et mater mea modo dies computant et cruciatur spiritus eorum in ipsis*). Doch jetzt wirst Du sie trösten; kniee vor ihnen nieder, bete zu Gott und salbe die Augen Deines Vaters, und er wird sofort sehend werden. So kamen sie an die Stadt. v. 1189 ff.: Die Mutter, die sich sehr härmte, sass auf dem Gipfel des Berges. Sie erkannte die Wanderer von Weitem und eilte mit der Freudenbotschaft zum Vater. Aber ehe sie eintraten, lief der Hund schwanzwedelnd voran. Der Vater erhob sich, u. s. w.

Man sieht, dass Guillaume seine Vorlage verbessern wollte; die Uebergänge v. 1121, 1147, 1189 sind sämmtlich sein Werk. Auch begegnet uns wieder das Streben Guillaume's nach geschlossener, abgerundeter Form. Man vergleiche den folgenden Fall Vulg. 11, 4: Als die Beiden der Caravane voraneilen, sagt Raphael: *tolle tecum ex felle piscis, erit enim necessarium. tulit itaque Tobias ex felle isto et abierunt.* Ferner Vulg. 11, 8: *Statimque lini super oculos ejus ex felle isto piscis, quod portas tecum. scias enim, quoniam mox aperientur oculi ejus.* Die erstmalige Ermahnung des Engels, die Galle bereit zu halten, schien Guillaume offenbar unnütz zu sein. Am rechten Ort v. 1180 ff. fasst er die beiden Vulgataverse zusammen.

In der Rede des jungen Tobias vv. 1254—1270 ist übergangen Vulg. 12, 3: *et daemonium ab ea compescuit, gaudium parentibus ejus fecit.*

v. 1271: *Mult dites bien, fait il, biau fiz! car noblement nus a gariz.* Diese Antwort fehlt der Vulgata. Aehnliche Erscheinungen beobachteten wir schon v. 377, 950 ff. u. s. w.

v. 1274: *Si li ont dit en recelé   quanque il orent porveü.* In der Vulgata (12, 5) wird nochmals wiederholt: *et rogare coeperunt, ut dignaretur dimidiam partem omnium, quae attulerant, acceptum habere.*

v. 1277: *Vostre seit, quanque vus avez* steht nicht in der Vulgata.

In der Abschiedsrede Raphaels vv. 1277—1340 hat Guillaume die Vulgataverse in folgender Reihenfolge benützt vv. 1277—1310 = Vulg. 12, 6—13 (übergangen ist jedoch 12, 10. 11; Zusatz dagegen ist v. 1299 ff.: *Par les almosnes, biaus amis! que tu feseies as chaitis   assiduelment nuit e jor*); 1311—1320 = Vulg. 12, 14. 15; 1321—1326 = Vulg. 12, 19; 1327—1330 = Vulg. 12, 16; 1331—1333 = Vulg. 12, 17; 1334—1340 = Vulg. 12, 20 so jedoch, dass 1234—1236 die zweite Hälfte des Verses wiedergiebt, 1237—1240 die erste. Es fehlt bei Guillaume das ganze 13. Capitel, ferner 14, 1 und 14, 3.

Die Worte des alten Tobias auf dem Todtenbette binden sich nicht sehr an die Vulgata:

v. 1358 ff.: *E lor aprist e enseigna   com il deveient Deu servir   e henorer e obeïr.* = Vulg. 14, 10: *Servite Domino in veritate.*

v. 1361 ff.: *E faire por la soe amor   Biens e almosnes nuit e jor.* = Vulg. 14, 11: *Et filiis vestris mandate, ut faciant justitias et eleemosynas.*

v. 1363 ff.: *E prophetiza veirement,   que Damne Deus novelement   Jerusalem visitereit,   son tabernacle i refereit, e tote gent iloec vendreient   e iloec Deu aorereient.* = Vulg: 14, 7: *Domus Dei, quae incensa est reaedificabitur; ibique revertentur omnes timentes Deum.*

v. 1387 ff.: *A grant honur l'ad enterré   s'engendreüre a Ninivé* = Vulg. 14, 2 ist mit leicht erkennbarer Absicht abweichend von der Vulgata an diese Stelle gesetzt.

v. 1419: *E Deu e bone gent l'amerent.* In der Vulgata ist der Sinn ein anderer: seine Verwandtschaft und Nachkommenschaft führte ein Gott wohlgefälliges Leben, so dass sie bei Gott und Menschen angenehm war.

Tob. 802, 930, 1177 lässt Guillaume seine Personen *agenouiller*; in den Vorlagen findet sich an keiner Stelle dieser

Handlung gedacht. Wie verhält sich der Dichter M. M. 148
zur Quelle?
Eigenthümliche Selbständigkeiten Guillaume's sind:

v. 356: *Es vos laienz un messagier.* Die Vulgata (2, 3)
lässt den jungen Tobias die Nachricht bringen.

v. 715: *Tobie eissi apres soper.*

v. 910: *Pensif esteit e peoros   li peres e forment
dotant.* Nach Vulg. 7, 19 und Vet. Lat. 7, 19 führt die
Mutter Sara in's Brautzimmer *et lacrymata est.*

Auffällig ist, dass, wie bei Guillaume, so im Codex
Amiatinus der Vulgata Vulg. 6, 9 fehlt.

V I T A.

Ego, Hermannus Seeger, natus Halberstadiae d. XV. mens.
Oct. MDCCCLVII patre Carolo, matre Henrietta e gente Meyer,
fidei addictus sum evangelicae. Disciplina scholae realis Hal-
berstadensis perfecta, maturitatis testimonio instructus ineunte
vere anni h. s. LXXVII Lipsiam me contuli, ubi in philoso-
phorum ordine receptus, in studium linguarum recentium in-
cumbere coepi scholisque interfui vir. ill. Braune, Drobisch,
Ebert, Hermann, Masius, Overbeck, Seydel, Wülcker,
Birch-Hirschfeld, Trautmann. Ubi cum per tria semestria
moratus essem Halas Saxonum petii ibique per duos annos
audivi viros clarissimos Elze, Gering, Haym, Kramer,
Suchier, J. Zacher, Wardenburg.

Benevolentia Hermanni Suchier mihi contigit, ut per tria
semestria seminarii Romanici essem sodalis.

Quibus viris omnibus optime de me meritis gratias ago
quam maximas.

www.ingramcontent.com/pod-product-compliance
Lightning Source LLC
Chambersburg PA
CBHW022205020726
47496CB00008B/2894